Леся Українка

Камінний Господар

石の主《あるじ》

Камінний Господар

レーシャ・ウクライーンカ

法木綾子 訳

群像社

目次

石の主《あるじ》　ドラマ

登場人物

騎士団長（ドン・ゴンザゴ・デ・メンドーザ）
ドンナ・アンナ
ドン・ジュアン＊
ドロレス
スガナレル　ドン・ジュアンの従僕
ドン・パブロ・デ・アルヴァレス ｝ドンナ・アンナの父と母
ドンナ・メルセデス
ドンナ・ソル
ドンナ・コンセプション大公女
マリクヴィータ　小間使い
ドンナ・アンナの付き添いの老婦人《ドゥエニャ》

大公や大公女たち、客たち、召使たち

＊ここではスペイン語ではなく、フランス語の発音の「ジュアン」の名が用いられる、そのわけはそれが世界文学の長年の伝統だからである。まさにその同じ理由から、「ドンナ」というイタリア語の形が用いられる。（作者註）

I

セビリアの墓地。糸杉の木のまにまに派手な廟や白い悲しそうな立像や大理石、南国の色鮮やかなたくさんの花々。
憂いよりも美が勝っている。
ドンナ・アンナとドロレス。アンナは明るい色の装い、おさげには一輪の花、全身に金色の細かなネットと鎖状のものが付いている。ドロレスは深い喪服を着用、新鮮な生花の冠で飾られた墓のそばに跪いている。

ドロレス　（立ち上がり、ハンカチで目を拭う）
行きましょう、アンナ！

アンナ　（糸杉の下のベンチに座る）
いいえ、まだよ、ドロレス、
ここはとてもステキだわ。

ドロレス　（アンナのそばに座る）
そんなに魅力的かしら？
お墓のこの美しさが、幸せなあなたに！
アンナ　幸せ？
ドロレス　だってあなたは無理強いされて嫁ぐわけではないでしょう、
騎士団長のところに？
アンナ　誰が私に無理強いするものですか？
ドロレス　あなたは婚約者を愛しているのでしょう？
アンナ　ドン・ゴンザゴがそれに値しないとでもいうの？
ドロレス　そんなことは言ってないでしょ。でも、アンナ、
あなたの返事の仕方は変よ。
アンナ　それは質問がおかしいからよ。
ドロレス　どこがおかしいの？　アンナ、私とあなたは
一番信頼し合っているお友達同士よね――
だから何でも本当のことを私に話していいのよ。
アンナ　じゃあ初めにあなたがそのお手本を見せてよ。

ドロレス　あなたには秘密があるでしょう。私にはないわ。
アンナ　私に？　秘密ですって？
（笑いながら）何ですって？　ないですって？
ドロレス　だめ、目をそらさないで！　私を見て！
（ドロレスの目をのぞき込み、笑う）
アンナ　（涙声で）私を苦しめないで、アンナ！
まあ涙まで？
あらあら、正直だこと！
ドロレスは両手で顔を覆う。
アンナ　ねえ、謝るわ、もうたくさん！
（ドロレスの胸の黒い紐に吊るした銀のロケットペンダントを手に取って）
あなたのこの中は何？
このロケットの中味は？　もしかして肖像、
亡くなったあなたのご両親の？（ドロレスがその手を制止する間もなくロケット

を開ける）この見目麗しい騎士はどなた？

ドロレス　私の婚約者。

アンナ　私知らなかったわ、あなたが婚約していたなんて！　どうして一度もあなたがその方と一緒の所を見かけないのかしら？

ドロレス　これからも見かけないでしょうね。

アンナ　その方、亡くなったの？

ドロレス　いいえ、生きているわ。

アンナ　その方が裏切ったの？

ドロレス　私はこれっぽっちも裏切られていないわ。

アンナ　（しびれを切らして）もうたくさん

そんな謎かけは！　嫌なら言わなくていいわ。

私は力ずくで人の心に踏み込んだりしないから。

立ち上がろうとするが、ドロレスがアンナの手を取ってとどめる。

ドロレス　座って、アンナ、座ってよ。あなたが知らないというの、
大きな石を動かすのがどんなに難しいか？
（胸に片手を当てる。）
私のここにはとても重いのが乗っかっているの、
とても長い間……。その石が心の中から追い出してしまったの
すべての悲しみや望みを、残っているのはただ一つ……。
私が死んだ両親を偲んで泣いたと思う？
アンナ　いいえ、アンナ、
この石が心の中から涙を追い出してしまったの……。
ドロレス　ずっと前から婚約しているの？
生まれたときからよ。
両家の母親がそのとき私たちを婚約させたの。
私が母の希望の中で生きていたときに、
アンナ　まあ、そんな馬鹿なことって！
ドロレス　いいえ、アンナ。
だってこれは天のご意志なのだもの、私があの方を正当に

アンナ　自分のものと呼べるようにとの、
もっともあの方は私のものではないのだけれど。
ドロレス　その方はどなた？
アンナ　私がその方を知らないなんて、おかしなことね。
ドロレス　その方は――ドン・ジュアン。
誰ですって？　まさかあの……
そうよ！　そのまさかよ！　一体他に誰が
ジュアンは十万といるけれど
アンナ　ただ「ドン・ジュアン」とだけ呼ばれるでしょう、
またの名もなく、他の特徴もつけ足さずに？
なるほどそういうこと……でもなぜかしら？
その方はもう何年もセビリアにはいないようね……
追放の身なの？
ドロレス　私があの方にお目にかかったのは、
カディスにいたときが最後よ、
あの方は当時洞窟に隠れて暮らしていた……

密輸をして暮らしていて……時には船に乗っていた、
海賊たちと一緒に……。当時あるジプシー女が、
その群れを捨て、海を越えて
あの方と共に逃げた、ところが行った先でその女はいなくなり、
あの方は戻って来た、カディスに
どこかのモリスコ女*を連れて、その女は兄弟を毒殺したの
ドン・ジュアンのために……。その後そのモリスコ女は、
修道院に行ってしまった。

アンナ　まるで絵物語のようね。

ドロレス　いいえ嘘偽りのない真実よ。

アンナ　何の咎《とが》で
その方は追放されたの？　聞いた覚えはあるの、
だけど何だったかしら。

ドロレス　あの方はまだ騎士見習いだった頃、

*訳註　うわべはカトリックを受け入れ、ひそかにイスラム教を信奉するムーア人の女性。

アンナ　王女のことで決闘をしたの
ある親王殿下と。
ドロレス　その王女は
その方を愛していたの？
アンナ　世間はそう言っているわ、
でも私は信じていない。
ドロレス　なぜ？
もし愛していたのなら、
あの方のためにマドリードも
王宮も捨てたはずよ。
アンナ　それってそんなに簡単なことかしら？
ドロレス　愛に簡単な道などありえません。
だってトレドのラビの娘は、信仰を
あの方のために投げうったのよ。
アンナ　その後どうしたの？
ドロレス　入水《じゅすい》したわ。

アンナ　まあ、何て恐ろしいの、あなたの婚約者ときたら！
でもはっきり言って、その方の好みは最良とは言えないわ。
ジプシー女に、異教徒に、ユダヤ女……。
ドロレス　あなたは王女を忘れていてよ！
アンナ　あら、
王女とのことは本当とも思えないわ！
ドロレス　あの方は追放の道すがら、たぶらかしたの。
この上なき清らかなカトリック女子大修道院長にして、
こともあろうに異端審問官の孫娘を。
アンナ　何ですって？
ドロレス　さらにその後、その女子大修道院長が営んだのは
密輸業者たちのための酒場だったの。
アンナ　（笑う）確かに、
その方は機知に富んでいなくもないわね、あなたのドン・ジュアンは！……
あなたったらそのすべてを何だか自慢してるみたい――
その恋敵たちを戦利品みたいに数え上げたりして、

ドロレス　あなたの騎士がどこかしらで馬上試合で手に入れたかのように。
その人たちをうらやんでいるわ、アンナ、ひどくうらやましいの！
なぜ私がそのジプシー女じゃないの？
あの方のために自由な意思を拒絶できるような、
なぜ私はそのユダヤ女じゃないの？　私だったら
あの方にお仕えするためなら信仰など足で踏みつけてやるのに！
王冠なんて、小さな賜物よ。もしも私に
生まれ故郷があっても、そんなもの惜しくはないわ……。
アンナ　ドロレス、神を恐れなさい！
ドロレス　ああ、アンナ、
私が一番うらやましいのはその女子大修道院長よ！
彼女は魂の救いを引き渡した、
彼女は天国を拒否したのよ！
(アンナの両手を握りしめる)
アンナ、アンナ！
あなたは絶対こんな羨望は感じないでしょうね！

アンナ　私があなただったら、彼女たちをうらやみはしなかったわ、そんな哀れな捨てられた者たちなんて。あら、ごめんなさいね、忘れていたわ――その方はあなたのことも捨てたんだったわね！

ドロレス　私はあの方に過去も未来も捨てられたりしないわ。

アンナ　また謎かけ！　でもそれはどういうこと、ドロレス？

ドロレス　私はあの方に会いに岩屋に行ったの、あの方が隠れていたところよ……。

アンナ　（興味津々といった体で）まあ？　それで？　おっしゃいよ！

ドロレス　刀傷を負っていたわ。治安判事の妻をかどわかそうとしたの。でも治安判事が妻を殺して、ドン・ジュアンにケガを負わせた……。

アンナ　でもどうやって、あなたはその方のところにたどり着いたの？

ドロレス　いまとなってはもう自分でもよく覚えていないの……。あれはまるで熱に浮かされたときの夢のようだった……。あの方の様子を見て、水を運んだわ、

真夜中に、そして傷口を洗って、
手当をして、治してあげたの。

アンナ　何ですって？

ドロレス　それで全部？

アンナ　それで全部よ。あの方は起き上がって、
私はあの方のもとを離れ、再び家に帰った。

ドロレス　以前のあなたのままで？

アンナ　以前のままよ、アンナ。

清らかな客人のように。考えないでよね、
私があの方の誘惑に乗るだなんて。

それは金輪際ないわ！

でも愛してはいるでしょ

その方を、狂おしいほどに。

アンナ、それは狂おしさではないわ！

愛は私の中に、心の中にあるの、それはまるで血が
聖杯の秘密の盃のなかにあるようなもの。

アンナ　私は婚約者です、だから誰も
私を汚すことはできない、たとえドン・ジュアンでも。
あの方もそれは分かっているのよ。

ドロレス　どうやって？

アンナ　魂で聞いているのよ。
あの方も私に対して感情を抱いている、
でもその感情は――愛ではない、
それには名前がない、別れ際に
あの方は私の手から指輪を抜き取って
こう言ったの、「尊敬するセニョリータ、
もし私のことであなたを非難する者があれば、
言っておやりなさい、私はあなたの忠実な婚約者だと、
なぜなら私は他の女とはもう指輪は取り交わしはしない
――あなたに誓って。」
その方がそれを言うときって――つまりは、
あなた一人を本当に愛しているということではないの？

ドロレス　（悲しげに首を振りながら）
言葉で心をごまかさないということよ……。
私と愛する人はただ、夢で結ばれているの。
私たちのような婚約者同士であることは、
空では天国の魂たちに似つかわしい、
でもここでは――そのせいで何という地獄の苦しみ！

アンナ　あなたには分からないわね、アンナ――
ドロレス　あなたならどんな夢も、どんな望みも叶うのだから……。
「どんな夢も、どんな望みも」ですって――それはもうあんまりよ！
なぜあんまりなの？　あなたに足りないのは何？
何でも持っているじゃない。美しさ、若さ、愛、
富、もうすぐ敬意も得られるわ。
騎士団長夫人になるのですものね。

アンナ　（笑いだし、立ち上がって）
ただ、そのどこに夢や望みがあるのかしらね。

ドロレス　（薄笑いを浮かべて）

でもあなたにとってそんなのもう要らないみたいだわ。

二人の女性は墓碑の間を歩く。

アンナ　夢が必要ない人なんている、ドロレス？
私にはあるわ――子供の頃からの――夢が……。
それはね、おとぎ話の中から湧き起こってきたの、
幼い私にばあやが話してくれた、
私はおとぎ話が大好きだった……。

ドロレス　それはどんな夢？

アンナ　奇妙奇天烈なの！……　その夢に出てくるのは
険しくて人を寄せ付けないどこかの山で、
その山の上に堅牢なお城があるの、
まるで鷲の巣のような……。そのお城の中に
うら若いお姫様がいて……誰一人として
彼女のところに険しい山を登ってたどり着くことができない……。

騎士たちも馬も死んでいくの、
山の頂を目指したがために、そして血が
赤い帯のように包むの
丘を……。

ドロレス　まあ何て残酷な夢！

アンナ　夢の中ではすべてが許されるものよ。そしてついに……。

ドロレス　（話を引き取って）
……ある幸せな騎士が山を登り切って
お姫様の手と心を手に入れました。
何よ、アンナ、その夢はもう叶っているじゃない、
だってそのお姫様はもちろんあなたで、
死んだ騎士たちは、あの方々よね、
あなたに求婚して振られた、
そして幸せな騎士はドン・ゴンザゴよ。

アンナ　（笑って）
いいえ、私の騎士団長は山そのものよ、

ドロレス　幸せな騎士はいないわ、
この世のどこにも。
そのほうがいいのよ、
だってあなたは騎士に何をあげられるの？
ご褒美に。

アンナ　コップ一杯のレモネードを、
涼んでもらうために！
（言葉が途切れる。別の口調で）見て、ドロレス、
このお墓、中で光がちらちらしているわ、
まるで誰かがしきりに遮っているような……
ねえ、あそこに誰かいるのかしら？

ドロレス　あれはコウモリたちが
灯の周りを飛び回っているのよ。

アンナ　私、ちょっと見てくる……
（扉の格子越しに墓を覗きこんで、ドロレスの袖を引っ張って何かを指し示す。ひそひそ声で）

見て——あそこに泥棒がいる！　番人を呼んでくるわ。（走り出す）

その時、扉が開く。
ドロレスは叫び声をあげ立ちすくむ。

ドン・ジュアン　（墓から出てきて、アンナに対して）
どうかセニョリータ、走って行かないでください
それに驚かないでください。私は決して泥棒などではありません。

アンナは戻ってきてドロレスのほうに身をかがめる。

ドロレス　（我に返ってアンナの手を握りしめる）
あの方よ、アンナ、あの方だわ！……　私、頭が変になったのかしら？
アンナ　あなたは——ドン・ジュアン？
ドン・ジュアン　（お辞儀をしながら）
ご用命に預かりまして。

ドロレス　どうしてここへ？

ドン・ジュアン　馬に乗って、

それから徒歩で。

ドロレス　まあ、ふざけたりして！

ご自分の頭を危険にさらしているのですよ！

ドン・ジュアン　そんなお世辞は初めて聞きます、

私がさらしているのはいつもはち切れそうな心ではなく、

そうではなく頭だなどと――中身は、セニョリータ、

まあ確かに考えがつまっていますが、どれも軽いものばかりです。

アンナ　じゃあ、心のほうにはどんな重いものがおありですの？

ドン・ジュアン　おお、セニョリータ、それを知ることができるのは

この心を手中に入れたお方だけです。

アンナ　どうやらあなたの心がさらされたのは一度だけではないようね。

ドン・ジュアン　そう思いになられますか？

ドロレス　隠れていて！　誰か来たら、

あなたは破滅よ！

ドン・ジュアン　ご覧のようにいま、
　麗しい眼差しに見つめられていますが、
　まだ破滅していないとしたら、どこで私が破滅するというのでしょう？
　アンナは微笑《ほほえ》み、ドロレスは黒いベールを顔まで下げ、その顔をそむける。

アンナ　（ドン・ジュアンに向かって片手を振って）
　もうご自分の住みかにお戻りなさいな！
ドン・ジュアン　そのような女性の御手《みて》だけがなせる業ですね、
　かくも容易に墓場送りにするなどということは。
ドロレス　（再びドン・ジュアンに向かって）
　本当にこの地下納骨所にお住まいですの？
ドン・ジュアン　どう言ったものでしょう？　私はここで過ごさねばなりませんでした
　昼も夜も——私にはこれ以上必要ありません、——
　こちらの宮殿は作法が一層やかましい、
　カスティリャの宮殿にいたときよりも、それで私はあちらでは礼儀を守れなかった。
ですからこちらではなおさらです！
アンナ　行く当てがあるのですか？
ドン・ジュアン　さあまだ分かりません。
ドロレス　ドン・ジュアン、
この教会の下に隠れ家があります、そこに隠れていらっしゃい。
ドン・ジュアン　ここよりもそっちのほうが愉快とはいかないでしょう。
ドロレス　あなたはいつも愉快かどうかばかり気になさる。
ドン・ジュアン　おっとどうして
それを気にせずにいられましょう？
アンナ　それでしたらもしもどなたかが
仮面舞踏会にあなたを招待したら――お越しになります？
ドン・ジュアン　喜んで参りますとも。
アンナ　ではお招きしましょう。
今宵、我が家で仮面舞踏会があります、
私の父パブロ・デ・アルヴァレスのところでは、

これが私の婚礼前最後の舞踏会です。
みんな仮面をつけます、ただし年寄りたちと、
私と私の婚約者を除いて。

ドン・ジュアン　（ドロレスに向かって）
あなたは舞踏会に行かれますか、セニョリータ？

ドロレス　ご覧のとおり、セニョール、私は喪に服しておりますので。
（脇に離れていく）

ドン・ジュアン　（アンナに向かって）
私は決して喪に服したりしません。
ありがたく招待をお受けします。（お辞儀をする）

アンナ　どんな衣装でいらっしゃいますか？

ドン・ジュアン　さあまだ何とも。

アンナ　それは残念。あなただと分かったらと思いましたのに。

ドン・ジュアン　声でお分かりになるでしょう。

アンナ　そんなに自信がおありなの、
私があなたのお声をちゃんと覚えていると？

ドン・ジュアン　ではこの指輪でお分かりになるでしょう。
（小指の指輪を示す）
アンナ　いつもそれを身に着けていらっしゃるの？
ドン・ジュアン　そうです、いつもです。
アンナ　とても誠実でいらっしゃるのね。
ドン・ジュアン　そうです、私はとても誠実なのです。
ドロレス　（脇の小道から出てきて）
アンナ、ドン・ゴンザゴが来るのが見えるわ。

ドン・ジュアンは霊廟の中に身を隠し、
アンナは騎士団長を迎えに行く。

騎士団長　（ゆっくりと近づく。さほど若くはない、堂々として落ち着いていて、その白い騎士団長のマントを大きな威厳をもって身にまとっている）
あなた方だけでここにいるのですか？　付き添い《ドゥエニャ》たちはどこですか？
アンナ　彼女たちは教会に行っています、実はドロレスが

傍目を嫌うものですから、
騎士団長　家族の霊廟を訪れるときは。
（ドロレスに向かって重々しくうなずく）
それはもっともだ。
（アンナに向かって）
私はあなたのお住まいにやって参りました、
お尋ねしたかったのです、どんなお召し物を
今日の舞踏会であなたが身に着けるのか。
アンナ　白です。でもどうしてあなたがそれを知っていないといけないの？
騎士団長　別に。ただちょっと気になって。
アンナ　ドレスが何だって私は分かるでしょう、
だって仮面をつけないのですもの。
騎士団長　それはいい。
私は思いもよりませんでしたよ、
あなたに仮面をつけさせるなどとは。
アンナ　あら、なぜあなたは

これまでそのことを一言もおっしゃらなかったの?

騎士団長　私はあなたの自由を制限したくなかったのです。

ドロレス　おかしな話を耳にすること、どこの婚約者が
最小限の強制を恐れるというのです
もうすぐその婿殿自身が縛りつけるその女性に対して、
しかもそんな紐どころではなく。

騎士団長　私が彼女を縛るのではありません、神こそが掟です。
私だって彼女より自由になりはしません。

ドロレス　夫たちはあまりそうは言いません、
言ったとしても——その言葉を守る者がいるでしょうか?

騎士団長　なるほど、セニョリータ、
あなたがこれまで嫁ごうとしなかったわけです、——
確証がなければ結婚はできませんよね。

アンナ　誰もがそんな確証を持っていますかしら?

騎士団長　ドンナ・アンナ、
もしもあなたが私に確証を持てないと知っていたら、

もしくは私が自分やあなたに確信を持てないと、
私はただちにその言葉をあなたにお返ししたでしょう、
手遅れにならないうちに。でなければどうやっていただけるでしょう、
大いなる誓いを……。

アンナ　まあ、怖い！

騎士団長　誓いを恐れるのは愛ではありません。
あなたは本当に恐いですか？

アンナ　いいえ、これは冗談です。
（ドロレスに）
ほらね、言ったでしょ――彼は山だって！

騎士団長　また何かの冗談ですか？　今日のあなたは陽気ですね。

アンナ　なぜ陽気でないなんてことがありますか、
これほどあなたのことを確かだと思うことができるのに、
石の山のように！　だってそうでしょう？
（アンナをエスコートするために片手を差し出す。アンナはそれを受ける）

騎士団長　そうですとも、ドンナ・アンナ。あなたに証明して見せましょう、

あなたが間違っていないということを。

二人は歩く。ドロレスは二人のやや後方。

アンナ　（不意にドロレスに向かって大きな声で）
ねえ分かるかしら、
私には肖像画の彼が素敵に見えたの、
こんな人じゃなくて。

ドロレスはぞっとして、黙ってアンナを見つめる。

騎士団長　誰のことです？
アンナ　ドロレスの婚約者のことです。
騎士団長　それはいったい何者ですか？
アンナ　それはまだ秘密です。
でもその方は今日私たちの舞踏会にお越しになりますわ。

三人とも退場。

スガナレル　（ドン・ジュアンの召使。辺りをうかがいながら登場、霊廟に近づいていく）
出ていらっしゃい、旦那！

ドン・ジュアン　（出てくる）
おや？　お前、何だってここに？

スガナレル　ドンナ・ソルからよろしくとのことです。あちら様はお嫌なんだとか、あなた様がお訪ねになるのが、――評判を恐れておいでで、して、あちら様のドゥエニヤが意地悪でして。お望みなのは、何とかちょっとお時間を割いて、ご自分でこちらにお越しになることですと。

ドン・ジュアン　もう？　そんなに早く？

スガナレル　うれしくないんですか？

ドン・ジュアン　（聞き流す）
何とか調達してくれ

スガナレル　仮装舞踏会に着る衣装をだ、
ただし上品なやつをな。
どうして知っていなさるんで、
確かにドンナ・ソルは仮装舞踏会にお越しになりますよ
騎士団長の許嫁《いいなずけ》のお宅のですがね？　さては、
そちらであちら様と落ち合って
ここにお連れするつもりで？
ドン・ジュアン　（別の物思いに浸ったまま）
誰をだと？
スガナレル　ですからドンナ・ソルをですよ！
他に誰がいますか？　だってあちら様のせいなんですよ、
私らがセビリアに追われたのは？
ドン・ジュアン　知ったことか。
様子を見よう。
スガナレル　お心変わりですか？
じゃああっしはここであちら様のことをどうしたらいいんで？

ドン・ジュアン　どうもしないさ。お前は居酒屋にでも行くがいい、
あちら様は夫のもとに。
スガナレル　もう、旦那！
あっしがもっとましな騎士道を示しましょうものを、
もしあっしが旦那で、あなた様が召使だったならね。
退場。ドン・ジュアンは霊廟の中に隠れる。

II

パブロ・デ・アルヴァレスの屋敷の中庭《パティオ》。花や茂みや低木が植わったムーア風の造りで、天井がアーチ状の二階建ての列柱廊がロの字型に取り囲み、一階の回廊の中央はポーチが張り出し、ボックス席（大きくくぼんでいる）があって広くなっている。二階部分の屋根は平ら、欄干のついた東方《オリエント》の庇のようなものがあり、やはりその中央は下の階と同一のふくらみを持っている。中庭からそれぞれの階に階段が通じている——一階へは幅広の低い段々、二階へは狭く高い階段。屋敷と回廊は明るく照らされている。中庭に明かりはない。中庭の前景にブドウの蔓が巻きついた東屋がある。

アンナの父と母であるドン・パブロとドンナ・メルセデスは中庭で騎士団長とおしゃべりをしている。上の階では回廊に沿って数人の客が歩いているがその数はまだ少ない——その人たちと共にドンナ・アンナがいる。

騎士団長　ここへ呼んでいただけますでしょうか？麗しのドンナ・アンナを、ちょっとだけ。

ドンナ・メルセデス　アンナ、こちらへいらっしゃい！　ドン・ゴンザゴがいらしてるの！
アンナ　（欄干から身を乗り出して下を眺めて）
あなたがこちらにいらっしゃれない？
ああ、そうよね、お山のあなたは登ったりはしないわね！（笑いながら、素早く下へと駆け出す）
ドンナ・メルセデス　これ、アンナ、そんな大声で笑ったりして。
ドン・パブロ　そんな悪ふざけは好かんな。
いいか、よく肝に銘じておくのだ……
騎士団長　責めないでください
私の婚約者を、
間近に迫った婚姻が彼女を嘆かせていないからと言って。
私はドンナ・アンナの悪ふざけには慣れていますから。
ドンナ・メルセデス　パブロ、
私たちは上のお客様のご機嫌をうかがいに行かなくては。
騎士団長　少しだけここにいてください。我がカスティリャでは
婚約者と二人きりでいる習わしはありません。

それにお手間は取らせません。ドンナ・アンナ、
この小さな品をどうぞお納めください
大いなる尊敬と愛の印に。
（マントの下から高価な真珠の頭飾りを取り出し、アンナの前で身を屈める）

ドンナ・メルセデス　まあ何て見事な真珠でしょう！

ドン・パブロ　騎士団長よ、
あまりにも高価すぎる贈り物ではないかな？
ドンナ・アンナにとってですか⁉

騎士団長　ああ、それであなたは
今朝衣装のことをお尋ねになったのね！

アンナ　上手く選べなかったかもしれませんが……。

騎士団長　ですが白いお召し物でしたら、
白い真珠なら合うだろうと……。

アンナ　ドン・ゴンザゴ、
あなたは欠点を全部無くしたいのね、
それは本当によくないわ――気がめいっちゃう。

ドンナ・メルセデス　（こっそりとアンナを引っ張って）
アンナ、ばかをおっしゃい！　せめてお礼を言いなさい！
アンナは黙って騎士団長に深く儀礼的なお辞儀をする。

騎士団長　（飾りを彼女の頭上に掲げて）
私が自らこの真珠をお載せするのをお許しください
その誇り高い頭上に、初めて
私の前に低く傾けたその上に。

アンナ　（たちまち姿勢を正して）
他のやり方ではそれが得られなかったとでも？

騎士団長　（アンナに頭飾りを載せて）
ご覧のとおり、得られましたよ。

中庭は、仮面をつけた者、つけていない者、様々に着飾った客たちで混み合ってくる
――二階の回廊から下りてきた者もいれば、庭への門から入ってきた者たちもいる。

門から登場した者の中には、黒くて広い、縦ひだがたくさんあるドミノ仮装衣で仮面をつけた者がおり、その顔は仮面にすっぽり覆われている。

客人の群れの中の声　（回廊から下りてきた者たち）
　私たちの主《あるじ》はどこ？
　私たちの女主はどこ？
ドン・パブロ　私どもはここにおりますよ、大切なお客様たち。
ドンナ・メルセデス　（新しく来た客人たちに）
　こんな煌《きら》びやかなたわわなお客様たちで
　わが家は華やぎますわ。
年配の女性客　（新しく来た客たちの中から、別の婦人に向かって、ひそひそと）
　もう計算したんだわ
　私たちが何人で、私たちがどれだけの価値があるのか！……
別のお年寄りの婦人　（全く同様に、先ほどの婦人に向かって）
　そうよ、もうなのよ、メルセデスは計算が速いですからね、
　ただおもてなしのほうは、少しゆっくりだわね……。

令嬢の客　（アンナに向かって、挨拶しながら）
アンナ、あんた何て豪華に着飾っているの！
（声を落として）
ただね、白い服だとあんた青白く見えるわよ。

アンナ　あら、平気よ、これがいまの流行《はや》りなの。
（さらに小声で）
よければ、おしろいを貸してあげましょうか、
だって、あんたっておでこまで真っ赤なんだもの。
令嬢の客　結構よ、ありがとう。
（後ずさってからくるりと向きを変え、仮面と髪を直して額を隠そうとする）

若いご婦人　（もう一人に向かって、目でアンナを示しながら、ひそひそと）
何て飾りかしら！

もう一人の若いご婦人　（皮肉を込めて）
でもそれだけが慰めよね！　可哀想なアンナ！……

老人の客　（ドン・パブロに向かって）
どうですな、ドン・パブロ、もういまやいよいよでしょうな、

国王があなたをその宮殿にお招きになるのは、——
このような婿殿の父ともなれば……。

ドン・パブロ　陛下は
婿殿によらず、手柄によってお認めになります。

老人の客　残念ながら、時としてお褒めを待つ身は長いもの。

ドン・パブロ　長いかどうかは、あなたのほうがよくご存じでしたね。
（他の人のほうを向いて）
あなたですか、伯爵？　何と喜ばしい！　何たる誉《ほまれ》！

主、女主、騎士団長、それに客人たちは下の入り口から家の中へと向かう。「黒いドミノ」の客は、そっと茂みの陰に後ずさり、中庭に残る。間もなくアンナと若いご婦人方が上のポーチに現れる。
召使たちがレモネードなどの冷たい物を配って回る。

ドン・ジュアン　（仮面をつけ、ムーア風の衣装をまとい、ギターを抱え、門から中庭に入り、ポーチの向かいに立ち、短い前奏の後歌う）

我が故郷に
水晶の山あり、
その山の頂に、
ダイヤモンドの城が光り輝く。
つれないアンナ!
城のまん中に育つ
花は、蕾《つぼみ》に閉じこもり、
その花びらに置かれるは
甘露ではなく、固い真珠。
つれないアンナ!
水晶の山には
小道も、階段もなく、
ダイヤモンドの城に入る
門も、窓もない。
つれないアンナ!
だが小道を必要としない者もいる、

階段も、門も、
その者は天から花へと舞い降りる、
なぜなら、愛には翼が生えている。
私の幸せ、アンナよ！

歌の間に「黒いドミノ」は茂みから少し出て聴き入るが、終わり頃に身を隠す。

騎士団長 （歌の終わりに上のポーチに出てきて）
これは一体どういう歌ですか、ドンナ・アンナ？

アンナ どういう？ さあ、多分、ムーアのでしょう。

騎士団長 私が聞いているのはそういうことではありません。

アンナ では一体何？

（返事を待たずに、召使からレモネードのコップを受け取ってドン・ジュアンのもとに降りてくる）

アンナ （ドン・ジュアンに向かって、レモネードを渡しながら）
冷たい物をご所望では？

ドン・ジュアン　ありがたいが、冷たい物は要りません。

アンナはコップを茂みに捨てる。

騎士団長　(アンナの後を追っていく)

アンナ　あなたは歌が気に入ったのですか、ドンナ・アンナ?

騎士団長　あなたは?

アンナ　私は全くもって気に入りません。

ドン・ジュアン　ご満足いただけませんでしたか、セニョール?　それは残念。婚約しているお二人には打ってつけかと思ったのですが

騎士団長　恋の唄を聴くにしかずかと。あなたの歌の中の歌詞が不適切です。

ドン・ジュアン　残念ながら、それを抜かすわけにはいきませんでしたもので、それでこそムーア式というものでして。

アンナ　あなたは衣装に合わせて歌をお選びになったの?

門から一群の若者、子息たちが入ってくる。アンナを見つけると若者たちは彼女を取り囲む。

一群の中の声　ああ、ドンナ・アンナ、ドンナ・アンナ、どうかお願いだ、僕たちにお慈悲を！　だってこれが最後の晩でしょう、乙女時代の束縛のない自由の！

アンナ　殿方の皆さん、お望みは何ですの？

一人目の騎士　どうか、自らご指示ください、どのダンスであなたにお仕えすべきは誰か。

アンナ　私からお願いするってこと？……

二人目の騎士　お願いではなく、指示するのです！　そうしたら私たちは今宵はあなたの僕《しもべ》となりましょう！

アンナ　いいでしょう、ちょっとの間ということなら、だってもう私は知りませんからね、そのことであなた方がお相手の女性陣に何と言われるか、それとも仮面があなた方を彼女たちから守ってくれるのかしら？

第三の騎士　（仮面をかなぐり捨てながら）
すべての空焼けは太陽の前では色あせます！

アンナ　確かに、
そういうお世辞を言うのに仮面は必要ないわね、
それってもうかなり言い古されてますものね。

騎士は再び仮面を着け、集団の中に後退する。

アンナ　（若者たちに）
仕方ないわね、一列に並んでください、いまから指名します。

全員列に並ぶ、ドン・ジュアンもその中に。

騎士団長　（そっとアンナに）
セビリアではこうした習わしですか？

アンナ　そうよ。
騎士団長　私も並ばなくてはいけませんか？
アンナ　いいえ。

騎士団長はその場を離れる。

アンナ　殿方、
もう準備はよろしくて？
（ドン・ジュアンに向かって）
まあ、どうして移り気な運命の崇拝者のあなたが、
列に並んだりなさるの？
お国のしきたりがおありなのにダンスができるのですか？
ドン・ジュアン　常ならぬお方のためにしきたりを破ります。
アンナ　それでしたらあなたに一番最初のダンスを与えます。

ドン・ジュアンは東方式にお辞儀をする。つまり右手を胸、口そして顔に押し当て、

次に胸の上に両手を交差して重ね、頭を垂れる。そうした動作の際小指の金の指輪が微かにきらめく。

ドン・ジュアン　一回だけ？

アンナ　一回です。あなたに二回目はありません。

（若者たちに）殿方、私が指でお示しします、どうか皆さん自分の順番をご記憶ください。

（素早く片手で各人の順番を示す、一人の若者が指名されないで残る）

青年貴族　あれ僕は？　僕は？　僕は何番？

一群の中の一人　最後に決まってるだろ。

笑い声。青年貴族は困惑して立ち尽くす。

アンナ　（若者に）セニョール、

私はムスリムに一番を与えました、
それは神の王国では彼は最後になるからで、
あなたはきっと、善良なカトリックに違いありませんから、
今日は最後になっても恐ろしくはないでしょう。

青年貴族　僕がムーア人になりたいなどと思ったのは、これが初めてですよ！

ドン・ジュアン　おや、それはお世辞の列には入りませんな、
あなたには心の救いが定められたというのに！

アンナ　（掌をたたく）
私の僕《しもべ》の皆さん！　ダンスの時間です！
（先頭を切って上へと進み、その後を若者たちが続く）

階上から大音量の音楽が聞こえる。ダンスが始まり、それが上のポーチと回廊に広がっていく。ドンナ・アンナはドン・ジュアンと最初のペアになり、次に別の青年貴族たちが彼女を次々と迎える。騎士団長はへこみの隅に立ち、壁の出っ張りにもたれてダンスを眺めている。「黒いドミノ」は下から眺めており、自分でも気づかぬうちにポーチの前の明るい場所に出る。ドン・ジュアンはダンスを終え、欄干に身を乗り出し、「黒

いドミノ」に気づき、下へと降りてくる、相手はその間に急いで陰に隠れる。

ひまわりの仮面　（脇から出てきて、ドン・ジュアンを遮り、腕をつかむ）
　お前はドン・ジュアンね！　私には分かる！

ドン・ジュアン　こちらとしても
　お前をそれほどよく知りたいものだな、美しい仮面よ！

ひまわりの仮面　分かっているくせに！　とぼけるな！　私はドンナ・ソルよ！
　（自分の仮面をはぎ取る）

ドン・ジュアン　待ってください。ひまわりの中では本当に難しいのです
　お日様に気づくのは。

ドンナ・ソル　私を笑い者にする気？
　おまえはあれでも笑い足りないの？

ドン・ジュアン　私がどこで？　どんなことを？

ドンナ・ソル　（しょんぼりと）
　私はいましがた墓地にいました。

ドン・ジュアン　どなたとお会いになったのですかな？

ドンナ・ソル　これでもまだ足りないの！
誰とも会っていません。
ドン・ジュアン　ふむ、では何が問題ですか？
一体仮面を着けて会うほうが
墓地でよりも楽しくないとでも？
ドンナ・ソル　（腰に手を伸ばす）
ああ！　短剣を身に着けてくるのを忘れてしまった！
ドン・ジュアン　（身をかがめて、自分の三稜の短剣を差し出す）
どうぞ、セニョーラ。
ドンナ・ソル　（彼の手を押しのける）
やめて！
ドン・ジュアン　（三稜の短剣を隠して）
辻褄が合いませんよ。
一体あなたはどうしたいのですか、いと麗しきご婦人？
ドンナ・ソル　分からないの？
ドン・ジュアン　ええ、皆目、分かりません。

ドンナ・ソル　あなたはご自分が書いたことを覚えていて？

ドン・ジュアン　私はあなたにこう書きました、「夫を捨てなさい、彼があなたにとって汚らわしいのなら、お逃げなさい。」

ドンナ・ソル　誰と？

ドン・ジュアン　誰かということが必ずしも必要ですか？　何ならこの私とでも。お送りいたしますよ。

ドンナ・ソル　どこへ？

ドン・ジュアン　カディスへ。

ドンナ・ソル　何のために？

ドン・ジュアン　何のためとはどういうことです？　自由の身になるだけでは、足りないとでも？

ドンナ・ソル　つまりあなたが私に逢瀬をねだったのは、それを言うためだと？

ドン・ジュアン　では何のためにあなたはその逢瀬に向かったのです？　少し苦い料理をちょっと甘くしたかった？

夫婦のお勤めという？　申し訳ないが、
私はお菓子作りを習ったことはありませんので。
（ポーチの階段のほうへ移動）

ドンナ・ソル　この償いはいずれまたしてもらうわ！

「黒いドミノ」（明るいところに出てきて、ドンナ・ソルを捕まえながら。わざとらしい声に変えて）
お前の夫はお前が報酬を受け取ることを許すのか？

ドンナ・ソルは瞬時に門の向こうへと走り去る。
「黒いドミノ」は陰に隠れようとするが、ドン・ジュアンがその行く手を阻む。

ドン・ジュアン　お前は何者だ、哀れな仮面よ？

「黒いドミノ」　お前の影だ！

茂みの陰に隠れながらドン・ジュアンから巧みに逃れ、東屋に駆け込みそこで息をひそめる。ドン・ジュアンは「黒いドミノ」を見失い、探しながら反対側に移動。上のポーチではドンナ・アンナがセギディーリャを踊る。

ある騎士　（アンナがダンスを終えたときに）
本当にあなたは踊ってくれましたね、ドンナ・アンナ、
私たち全員の心に合わせて。
アンナ　あらそう？　私からすれば
この踊り場に合わせて踊っているつもりだったのだけれど。
あなたたちの心はそんなに硬いのかしら？
別の騎士　（アンナのところにやって来て、ダンスを所望しようとお辞儀をする）
今度は僕の番です。
アンナ　（掌を合わせて）
セニョール、ごめんなさい！
別の騎士　お待ちします。でも僕の番ですよね？
アンナ　もちろんです。
（立ち上がる、客人たちに紛れて姿が見えなくなるが、その後一階の回廊の階段を通って、中庭に姿を現す）

ドンナ・アンナは東屋へと向う。「黒いドミノ」はそこから急ぎつつも音もなく走り出し、茂みの陰に隠れる。アンナは東屋の中の広いベンチに力なく崩れる。

ドン・ジュアン　（アンナに近寄っていく）

おや、そこにいるのはあなたですか？　失礼、ご気分が悪いのですか？

アンナ　（背筋を伸ばして座り直す）

いいえ、ただ疲れただけです。

ドン・ジュアン　山上に行くのでは？

アンナ　え？……ああ！……ところで、今夜私が一番うんざりなのは際限のない気の利いた言葉よ。

ドン・ジュアン　私は別に気の利いた言葉を言うつもりはありませんでした。

アンナ　じゃあ何？

ドン・ジュアン　私が思ったのは、何があなたに山上の牢獄を得ようとさせるのか？

アンナ　牢獄ですって？　私に言わせれば、ただの城です、城はいつも山の上に建っています、なぜならそれほど巨大で難攻不落だからです。

ドン・ジュアン　私は難攻不落には大いに敬意を払います、
その基礎が石ではない場合、
何か生きているものの場合。

アンナ　生きたものの上に建つことは
絶対できません、たちまちぐらついてしまいます。
誇り高く人を服従させる魂にとって
命と自由は——高い山の上にあります。

ドン・ジュアン　いいえ、ドンナ・アンナ、そこに自由はありません。
山上の尖塔の上から人に見えるのは
自由な空間ですが、その人自身は
小さな空間に囚われているのです、
なぜなら一歩踏み出そうものなら——奈落に転げ落ちるからです。

アンナ　（考え込んで）
では一体この世のどこに真の自由はあるのですか？……
まさかあなたのような生き方の中にあるとでも？

だって人の中にあってあなたは、まるで野獣が
狩猟中の狩人たちのただ中にあるようだわ、――
あなたを守ってくれるのは仮面しかない。

ドン・ジュアン　狩りは
お互いさまです。仮面については――
これは単なる狩人のずる賢さです。いますぐ
それはなくなります。
（仮面を脱ぎ捨て、アンナのそばに座る）
信じてください、ドンナ・アンナ、
社会のしがらみから自由なのはただ、
社会がその中から放り出す者だけです、
私は自分から社会にそう仕向けたのです。
あなたはこうした者を見たことがありませんか、
そうした自分の心の真実の声に従って進む者は
「人が何て言うだろう?」と決して問いはしないでしょう。
御覧なさい――私はそうした者です。そしてそれによってこの世は

私にとって決して牢獄ではありませんでした。
軽やかな帆かけ舟《フェラッカ》で私は飛び立ったものだ、
七つの海の広大な空間を渡り鳥のように、
様々な遠い岸辺の美しさを味わった、
そして未知なる魅惑の国の美しさを。
輝く自由のもとではすべての国が素晴らしく、
すべての水が空を映すにふさわしく、
すべての林がエデンの園さながらだ！

アンナ　（静かに）
そう……それこそ人生です！

間。

上では再び音楽とダンス。

ドン・ジュアン　何と！　また音楽とは。

アンナ　何を驚くことがあります？

ドン・ジュアン　なぜなのでしょう、死に絶えようとしている時に
古く、悲哀を知り尽くした事物が、そして誰もが嘆いているのに？
だのにここでは——若さの自由意志を隠して、
そしてみんな踊っている……。

アンナ　でもあなただって、セニョール、
やはり踊りましたよね。

ドン・ジュアン　おお、あなたが知っていたなら、
あの時私が何を考えていたかを！

アンナ　何をです？

ドン・ジュアン　こう考えていたのです。
「ああ何とかして、このまま抱擁を解かずに、
あなたをさっさと馬に乗せて
カディスまで連れて行けたなら！」

アンナ　（立ち上がって）
随分いろいろなことを

する余裕がおありになるのですね、セニョール?
ドン・ジュアン　おお、ドンナ・アンナ、でも一体必要でしょうか?
女性の尊厳を
是が非でも守らなければいけないという
ちゃちい防護柵があなたにも?　私は何も力ずくで
あなたの名誉を侵害したりはしませんので、ご心配なく。
女性たちが私を恐れるのはそのせいではありません。
アンナ　(再び座って)
ドン・ジュアン、
私はあなたなど怖くはありません。
ドン・ジュアン　これは初耳です、
女性の口からそんな言葉を聞くとは。それとももしかして、
あなたはそれによって自分の勇気を鼓舞しようとしているのでは?
アンナ　勇気はまだ私を裏切ったことはありません、
生涯一度も。
ドン・ジュアン　いまもその確信は変わりませんか?

アンナ　どうして変わるはずがあるでしょう？

ドン・ジュアン　正直に答えてください、
あなたは一瞬でも意志の自由を感じたことはありますか？

アンナ　夢の中でなら。

ドン・ジュアン　それに夢想の中で？

アンナ　ええ、夢想の中でも。

ドン・ジュアン　だったらあなたがその誇り高い夢想に
命を与えるのを阻むのは何ですか？　ただ敷居を
またぎ越しさえすれば――広い世界がまるごと
あなたに開かれるのですよ！　私だったらあなたを
幸せな時も不幸せな時も助ける用意があります、
たとえあなたが私に対して心を閉ざしていても。
私にとって一番大切なのは――救うことです
あなたの誇り高く自由な魂を！　おお、ドンナ・アンナ、
私はずっとあなたを探していたのです！

アンナ　あなたが探していた？

でもあなたは私のことをこれまで全然知らなかったでしょう！

ドン・ジュアン　私が知らなかったのはただあなたの名前だけ、
面ざしは知りませんでしたが、私は探していました
どの女性の面ざしにも
明るい輝きの照り返しなりとも見られまいかと、
あなたの誇り高い眼差しが放つそれの。
私たちが二つ別々に分かたれてしまうなら、
神の創造物には意味などありません！

アンナ　ちょっと待ってください。考え事の邪魔をしないで、
焚きつけるような言葉で。ないわけではありません、
私に、広い世界に行く勇気が。

ドン・ジュアン　（立ち上がりアンナに片手を差し出して）
一緒に行きましょう！

アンナ　まだだめ。勇気がいまは十分ではありません。

ドン・ジュアン　一体何があなたをつかんで放さないのです？　この真珠ですか？
それとももしかしてその婚約指輪ですか？

アンナ　これ？　まさか！
（真珠の飾りを頭から持ち上げてベンチに置き、婚約指輪ははずして手に握り、その手を差し出して）
あなたの指輪もここに置いてください。
ドン・ジュアン　何のためにこれをあなたに？
アンナ　ご心配なく。はめたりしません。
グアダルキビル川に投げ捨てたいと思います、二人で橋を渡るときに。
ドン・ジュアン　だめです、この指輪はお渡しできません、欲しければ懇願なさい。
アンナ　あなたに懇願するなんて
そんなつもりはこれっぽっちもありませんでした。私がしたかったのはただ確かめることです、本当にいるのかを、
この世界にせめて一人でも自由な人間が、
それともすべてはただ「ムーア風」に過ぎず、
たとえあなたでも、その名ばかりの自由の代償に

細いかかとの先ほども支払えないのではないのですか。

ドン・ジュアン　全生命を支払うとも！

アンナ　（再び片手を差し伸べて）

婚約指輪を！

ドン・ジュアン　アンナ！

この婚約指輪は愛の印ではない。

アンナ　じゃあ一体何？　枷の輪？　ドン・ジュアン、

それを認めるとは、あなた恥ずかしくない？

ドン・ジュアン　私はそれを身に着けると名誉にかけて誓ったのです。

アンナ　まあ、名誉にかけてですって？

（立ち上がって）

ありがとう、セニョール、

私にその言葉を思い出させてくれて。

（再び頭飾りと自分の指輪を身に着け、去ろうとする）

ドン・ジュアン　（跪こうとしながら）

お願いです、ドンナ・アンナ！

アンナ　（怒りに満ちた仕草とともに）
やめて！
喜劇はもうたくさんです！　お立ちになって！
（振り向くと家の中から東屋をじっと見ている騎士団長が見える）
お願いします、ドン・ゴンザゴ、
私をまた上に連れて行って。

騎士団長　ドンナ・アンナ、
そのセニョールの名前を教えてください。

アンナ　この騎士はドロレスの婚約者です。
他に名乗る勇気はないはずです。

ドン・ジュアン　私には名前があります――ドン・ジュアンです。
この名はスペイン中に知れ渡っています！

騎士団長　あなたはあの追放者か、国王によって
名誉も特権も剥奪された？　よくもあなたは
この名誉を重んずる家に顔を出すことができたものですね？

ドン・ジュアン　特権は

王が与えるものですから、王は奪うこともできます。

だが我が名誉は、この剣と同様、
私のものであって——それらは誰も折り取ることはできない！

何なら試してみますか？

（剣をさっと取り出し、決闘のポーズで立つ）

（両手を十字に重ねて）

追放者と決闘することは
騎士団長たる者にふさわしくありません。

（アンナに向かって）

行きましょう。（アンナの腕を取り、肩越しにドン・ジュアンを振り向いてから、動き出す）

騎士団長

ドン・ジュアンは騎士団長の後を追って駆け出し、その剣で突き刺そうとする。物陰から「黒いドミノ」がぬっと現れ、ドン・ジュアンの腕を両手でつかむ。

「黒いドミノ」（つくろわない声で、そのためドロレスの声と分かる）

背後から襲うのは名誉に反します！

アンナが振り向く。ドン・ジュアンとドロレスは門の外に走って出る。

騎士団長　振り向かないでください。
アンナ　もう誰もいません。
騎士団長　（アンナの手を放し、穏やかな調子を威圧的な調子に変えて）彼はどうやってここに入り込んだのだね、ドンナ・アンナ？
アンナ　言った通り、ドロレスの婚約者としてです。
騎士団長　何だって跪く必要があったのかね？
アンナ　どなたに？
騎士団長　だからあいつが、ここであなたの前にだ！
アンナ　逆じゃなくて？　だとしたら、何だとおっしゃるの？
騎士団長　あなたのほうもそれを許したのかもしれませんね……。
アンナ　まあそんな！　そんなことに許可を求める人がいるもんですか？

騎士団長

アンナ

それがカスティリャの流儀かもしれないじゃない、
ご婦人方に向かって、こう呼びかけるようにという、
「どうぞ、奥さま、跪くのをお許しください」。
ここではそんなことされたら女性はみんな笑ってしまうでしょうけれど。
あなたは何でも笑って片づける癖がついているようですね!
もうお願いだから! もしも私が毎回、
言い返しながら、涙まで流していたら、
私の瞳はとっくに色褪せてしまっているでしょう!
あなたは本当にそうなって欲しいんですの?
あなたには驚きなのでしょうね、私があの方の後ろ姿に向かって
両手を伸ばさないことが、さめざめと泣かないことが、
いまあなたの前で懺悔しないことが
罪深い愛を、まるで嵐のように
無防備な心に押し寄せてきたものを?
私があの物語のイゾルデのようだったならね、
でもおあいにく様、私はそんな気にはなれません、

ちょうどファンダンゴの気分だわ！
あら、聞こえるわ、ちょうど音楽が……ラ・ラ・ラ！……
行きましょうよ、ドン・ゴンザゴ！　私は軽やかに飛んで行く、
白い波のように、めくるめく踊りの中に、
あなたはと言えば石のように悠然と立っていらっしゃる。
だって石は知っているんですものね、気まぐれなダンスを
波が永遠に終わらせるのは——その周りでだってことを。

騎士団長はアンナに腕を貸しながら上の踊る人たちのところへと連れて行く。

III

カディスのはずれの海岸の洞窟。ドン・ジュアンが石の上に座って自分の剣を研いでいる。スガナレルがそばに立っている。

スガナレル　何のためにいつもその剣を研いでいなさるんです?
ドン・ジュアン　そうさな、習慣だ。
スガナレル　あなた様は近頃じゃ決闘にはとんとお出かけにならないじゃないですか。
ドン・ジュアン　相手がいない。
スガナレル　人間がいなくなったとでも?
ドン・ジュアン　あいつらはみんなこの剣に値しない。
スガナレル　ひょっとして、剣のほうが人様に値しないんじゃないですか?

ドン・ジュアン　（脅すように）

貴様‼

スガナレル　お許しを、だんな様、

つまらん冗談ですよ。我ながら解せんのですが、

あっしはどこからかこんな馬鹿げたもんが湧き出てくるんですよね、

何と言うか、何かを引っこ抜くみたいに！

ドン・ジュアン　失せろ！　邪魔をするな！

スガナレル、ニヤリとして、出ていく。

ドン・ジュアン　（剣を研ぎつづけながら）

ちっ、また刃こぼれだ！　お払い箱にしてくれる！

（剣を投げ出す）

スガナレル　（駆け込んできて、早口でひそひそと）

だんな様、逃げましょう！

ドン・ジュアン　今度は何だ？

スガナレル　あっしら、見つかっちまったようですぜ、見たんです、この辺りを修道士みたいなのがうろついているのを。

ドン・ジュアン　それがどうした？

スガナレル　あれはきっと異端審問所の回し者ですぜ、ひょっとすると、毒を塗ったスティレット短剣を持った刑吏ですよ。

ドン・ジュアン　スパイなんぞ怖いものか――もう慣れた、私の剣はスティレットよりも長い。その修道士を連れて来い、そのほうが話が早い。そいつにこう言え、懺悔をしたがっていると世界に名だたる罪人、ドン・ジュアン様がな。

スガナレル　かしこまりました。あなた様は子供じゃない、あっしはあなた様の乳母じゃない。

出て行ってほどなく修道士を連れてくる、背は低く、痩せていて、「お忍び」姿――目元に穴をあけただけで顔全体を覆う黒い頭巾を被っている。

ドン・ジュアン　（修道士を出迎えて剣を手に立ち上がって）
わが父よ、あるいはこちらのほうがよろしいですかね——兄弟よ、
何をもってこのような神聖な
訪問を賜っているのでしょうか？

修道士は片手でスガナレルに出て行くように促す。

ドン・ジュアン　おい、出ていかんか、スガナレル。
（スガナレルがぐずぐずしているのを見て、彼に向かって小声で）
見ろ、修道士は女の手をしているぞ。
スガナレル
やれやれ！
（片手を振って、出て行く）

ドン・ジュアンは剣を石の上に置く。はねのけた頭巾の下からたちまちドロレスの顔が現れる。

ドン・ジュアン　ドロレス⁉　あなたか？　しかもまたこの洞窟に……。
ドロレス　私は再びあなたを救いに来ました。
ドン・ジュアン　救いにだって？　誰がそんなことを言ったのですか、まるで私に救いが要るみたいに？
ドロレス　そのぐらい私には分かります。
ドン・ジュアン　私は弱虫ではありませんよ、ご覧の通り――陽気で、自由の身で、強い。
ドロレス　自分でそう思いたいだけです。
ドン・ジュアン　（一瞬考え込むが、すぐにきっと頭を起こす）どうやら、セニョリータ、そのお召し物のせいでそんな修道士然とした振る舞いをなさったのですね。ですが私はあなたに懺悔などしません――私の過ちは娘さんたちのお耳向きではありません。

ドロレスは黙って二巻きの羊皮紙を取り出し、ドン・ジュアンに差し出す。

ドン・ジュアン　いや、すまない、ドロレス！　私は決して
あなたを軽視するなどという卑劣な気持ちはなかったのですよ。
何を持っていらしたのです？
ドロレス　読んでごらんなさい。
ドン・ジュアン　（素早く羊皮紙に目を通す）
王の勅令……それと教皇の大勅書《ブッラ》*……。
私をお許しになると、すべての犯罪と
すべての過ちに対して……。なぜだ？　どうしてだ⁉……
それにどうやってあなたの手元にこの文書があるのです？
ドロレス　（目を伏せる）
察しがつきませんか？
ドン・ジュアン　ああ、ドロレス！
分かるとも。またしてもあなたは
私に何やら負債を負わせたのだろう。だが知っての通り、

*刻印の捺されたローマ教皇の勅書

ドロレス　私は自分の負債は自分で払う質《たち》でしてね。
私はここに支払いを求めに来たわけではありません。
ドン・ジュアン　信じましょう。でも私は破産人ではない。
かつて私はあなたに結婚指輪という抵当を与えた、
いまその負債をすべて返すとしよう。
もう私は追放者ではない、スペインの大公だ、
そしてあなたは結婚を恥じる必要はない、
この私との。
ドロレス　（うめき声で）
神よ！　聖母様！
私はこうなることを望んでいました……。
でもこうして最後の一縷《る》の望みを
私は隠さなければならないのよ……。
（ドロレスの声は涙をこらえているために震えている）
ドン・ジュアン　驚かせてしまいましたか？
でもどうしてです、ドロレス？

ドロレス　お分かりにならない？
あなたのお考えでは、もしスペインの大公が
郷士の娘に結婚指輪を投げ与えたら、
あたかも金貸し女に金貨の詰まった財布をそうするように、
そうしたらその女の心は花咲き乱れるはずだと、
血まみれになるのではなしに？

ドン・ジュアン　いいや、ドロレス、
あなたこそ私を分かってくれなくては
どんな娘にも、どんな女性にも
私はいまだかつて負債など負ってはない！

ドロレス　本当ですか？
ドン・ジュアン、あなたは何の罪も犯したことはないのですか？
女性たちに対して。

ドン・ジュアン　ない。誰に対しても、一度も。
私は毎回彼女たちにあのすべてを与えた、
彼女たちだけが許容できる夢というものを、

ドロレス　儚《はかな》い幸福の波と胸の高鳴りを、
それ以上のものは彼女たちの誰一人として許容しなかった、
他の女にはそれは余計なことだったのです。
あなたご自身はそれ以上を許容できましたか？（間）
お支払いは今回は要りません。
この黄金の「担保」をお返しします。
（右手から指輪をはずそうとする）

ドン・ジュアン　（その手をおさえて）
いけません、それは神聖な権利によってあなたのものです。

ドロレス　私はもう自分が自分のものではありません。
もうこの見かけの身体も私のものではありません。
この身体の中の魂自体も——煙です
献身的な香炉の中で、それは燃え尽きようとしています
あなたの魂のために、神の御《み》前で……。

ドン・ジュアン　それは何ですか？
私にはあなたの涙の意味が分からない。

あなたはまるで刺し貫かれて血まみれの生贄《いけにえ》のようだ、あなたの眼もまた然り……。この勅令、この大勅書《ブッラ》……。あなたはどうやって手に入れた？　どうかお願いだ、話してくれないか！

ドロレス　それを知ってどうするのです？

ドン・ジュアン　もしかしたらまだ、その恩恵を拒否できるかもしれない。

ドロレス　あなたはそれを拒否することはできない、私には分かります。それをどうやって手に入れたかは――どうでもいいのです。あなたのために女性が身を亡ぼすのは別にこれが最初ではありません、せめてこれが、最後であってくれれば！

ドン・ジュアン　いや、話してください。話してくれなければ、こう考えてもよろしいですか、つまり取得方法が恥ずべきものであったと、

ドロレス　正当なものならば包み隠す必要はないのですから。「恥ずべき」……「正当」……いまでは何と遠いこと私にとってそうした言葉は……。仕方ない、申しましょう。

私はその勅令のために身体で支払いをしました。

ドン・ジュアン　何ですって？

ドロレス　これ以上は申し上げられません。
あなたは宮廷の風習をご存知でしょう、――
あそこではすべての支払いは、金貨か、
さもなくば……。

ドン・ジュアン　ああ！　何て恐ろしいことを、ドロレス！

ドロレス　恐ろしいですって、あなたが？　それは思いがけないこと。

ドン・ジュアン　あなたはどうなんです？

ドロレス　私はもう何も怖くはありません。
身体のことで何を恐れることがありましょう？
魂を差し出すことも恐れなかった私が、
大勅書《ブッラ》の支払いをするために。

ドン・ジュアン　一体誰が魂で支払ったりするのですか？

ドロレス　女性なら誰でも、
愛する人がいるならば。私は幸せです、

魂で魂を買い戻そうとしていることが、
この幸せはすべての女性が持てるものではありません。
教皇様があなたの魂を解放してくださるのです
地獄の業罰から、なぜならこの私が
一生涯この身に懺悔を引き受けたから
あなたに代わってすべての罪の。修道院で、
最も規律の厳しい修道院で、私は
修道女となります。無言と
斎戒と鞭打ちの誓いを神に捧げます。
私はすべてを捨てなければなりません、ジュアン、
夢やあなたの思い出――それさえも！
ただあなたの魂を記憶にとどめておくだけ、
自分の魂は顧みないことにします。
私の魂はあなたのために永遠の苦しみへと旅立ちます。
永久にさようなら。

ドン・ジュアンは茫然と佇む。

ドロレス　（ドロレスは動きかけるが、すぐに立ち止まる）
いいえ、もう一度！　これを最後に
もう一度その目を見つめておきましょう！
だってもうそれは私のためには輝きはしないのだから
墓場の闇の中にあっては、これからそう呼ばれるのです
私の人生は……。　あなたの肖像画を受け取ってください。
（身につけていたロケットペンダントをはずし、石の上に置く）
私はあなたの魂を記憶にとどめておかねばなりません、
ただそれだけを。

ドン・ジュアン　だがもしも私があなたに
こう言ったとしたら、つまりあなたとの一瞬の幸せが
この地上での幸せのほうが、私にとっては大切だと、
あなたのいない天空の永遠の天国よりも？

ドロレス　（責め苦を受ける殉教者のごとく恍惚として）

私は誘惑が嫌だとは思っていない！
それは半ば欺瞞……いつか彼は極限まで
この用心深い心を惚《ほう》けさせてしまうかもしれない！
聖母様！　どうか私にお力を
彼に代わってこの犠牲を捧げられますように！……　おお、ジュアン、
私に言うがいいわ、愛の言葉を言うがいいわ！
私がそれを真に受ける心配は無用です。
ほらあなたの指輪をお返しするわ。（指輪をはずしてドン・ジュアンに渡そうと
するが、腕が力なく垂れ、指輪が足下に転がる）

ドン・ジュアン　（指輪を拾い上げ、再びドロレスの指にはめて）
いいや、断じて
私は受け取らない。持っていなさい
それとも聖母マリアにでも捧げてください、
お好きなように。この指輪なら
修道女が見てもかまわない。この指輪は
罪深い思い出を呼び覚ましたりはしない。

ドロレス　（小声で）
それもそうですね。
ドン・ジュアン　あなたのは私は誰にも渡しはしない
永遠に。
ドロレス　どうしてあなたがそれを身に着けていなければいけないの？
ドン・ジュアン　魂の要求、それに習慣です、
身体も同じです。願わくば、
多くを語らずともあなたには分かっていただきたいのだが。
行かなくては……。あなたを許します
ドロレス　あの全てを、あなたが……
ドン・ジュアン　ここにいてください！　曇らせないで
このひと時の明るい思い出を！
何を許すと？　こうしてはっきりしているのに、
私はあなたに対しても何の罪も犯していないと。
だってあなたは私を介して行き着いたじゃないですか
高みにある、いと清らかな川の上流へと！

それなのに私を許さなければならないのですか？
ああ、違うとも、あなたは言葉を誤った！
用心深い心にそうした言葉は
生まれるはずはなかった。あなたには必要ない
そんな言葉は、いまあなたはより高みに立ったのですから、
恥辱や面目などよりも。違いますか、ドロレス？

ドロレス　もうどんな言葉も必要ないみたいですね。
（行こうとする）

ドン・ジュアン　ちょっと待ってください、ドロレス……。あなたはマドリードで
セニョーラ・デ・メンドーザを訪問しましたか？

ドロレス　（立ち止まって）
あなたは……あなたは……私にあの女性のことを尋ねるのですか？

ドン・ジュアン　お見受けするに、あなたにはまだ修道院は早いようですね。

ドロレス　（自分に打ち勝って）
お目にかかりました。

ドン・ジュアン　彼女は幸せですか？

ドロレス　あの方よりは私のほうが幸せでしょうね。
ドン・ジュアン　彼女は私のことを忘れてしまったでしょうか？
ドロレス　いいえ。
ドン・ジュアン　なぜあなたが知っている？
ドロレス　私の心には聞こえるのです。
ドン・ジュアン　私が知りたかったのはそれだけです。
ドロレス　もう行きます。
ドン・ジュアン　お尋ねにはならないのですか、何のために
私がそれを知らなければならないのかと？
ドロレス　尋ねません。
ドン・ジュアン　それではご自分がつらくはないですか？
ドロレス　私は探したりしませんせん
楽な道なんて絶対に。さようなら。
ドン・ジュアン　さらばだ。私は決してあなたを裏切りはしません。

ドロレスはすぐさま顔を頭巾で覆い、振り返らずに洞窟から出る。

スガナレルが入ってきて、ドン・ジュアンを咎めるように見つめる。

ドン・ジュアン　（召使に向かってというよりはむしろ自分に向かって）私は実に良い魂を鍛え上げたものだ！

スガナレル　どなたのです？　ご自分のですか？

ドン・ジュアン　棘のある訊き方だな、無意識のうちにとはいえ！

スガナレル　そうお考えで、だんな様？

ドン・ジュアン　お前はどう考えているんだ？

スガナレル　お見かけしたところあなた様は鉄敷《かなしき》や槌ですね、ですがまだ一度も鍛冶屋には見えたことがありません。

ドン・ジュアン　ならそのうち見えるだろう。

スガナレル　残念無念！　もうだめだ！

ドン・ジュアン　何だと？　何がもうだめなんだ？

スガナレル　あなた様の運命のお相手が修道女になってしまいましたよ、だんな様。

ドン・ジュアン　さては立ち聞きしていたな？
スガナレル　ご存知なかったんで？

召使を持つお方は、慣れておかないといけませんぜ、いつ何時でも懺悔室を持っていることに。
ドン・ジュアン　しかしこれほど厚かましく告白するとなると！……
スガナレル　するとなると、ドン・ジュアンの召使でなければなりません。あっしのだんな様は嘘偽りないことで知られたお方。
ドン・ジュアン　そのよく回る舌を引っ込めろ！……あれは俺の影が去って行ったのだ、俺の運命の相手なんかであるものか。運命の相手はマドリードで待っている！

馬に鞍を置け。さあ出かけよう

あの運命の相手を手に入れに。さあ早く！　ぐずぐずするな！

スガナレルが出ていく。ドン・ジュアンは剣を両手で握り、鋭さを試すように片手で刃をなぞるが、その顔には微笑が宿っている。

IV

マドリードの騎士団長宅。ドンナ・アンナの寝室、大きく、豪華だが暗いトーンの装飾の部屋。バルコニーつきのほとんど床まで達する縦長の、幅の狭い窓、そのブラインドは閉じている。ドンナ・アンナは黒混じりの灰白色の半喪服を着て小卓のそばに座り、箱の中の高価なアクセサリーを選んでは鏡を見ながら自分に当ててみている。

騎士団長　（入ってくる）
これは何のおめかしかね？

アンナ　明日のために
アクセサリーを選んでいるの。明日は
闘牛に行きたいの。

騎士団長　半喪服でかね!?

アンナ　（忌々しそうにアクセサリーを押しのけて）
ああ、喪中だなんて！　こういうのはいつ終わるのかしら？

騎士団長　（穏やかに）

アンナ　あと八日続きます。
叔父のはあまり長くはありません。
何より面白いのは、私がこの目で
一度もその叔父さんを見たことがないということよ。

騎士団長　だからって何も変わりません。あなたはいまや
デ・メンドーザ家の一員です、
ですからあなたも追悼の念を抱かねばなりません
親戚全員に。

アンナ　神様、どうか彼らの寿命を延ばしたまえ！
だっていまは叔父さんの追悼で、
先日は叔母さんのがあって、その前は――
どうしたらこんなの間違えずにいられるの！――また別のところの兄弟か
それとは別のところの甥っ子が亡くなって……。

騎士団長　誰にあなたは腹を立てているんですか？

アンナ　私はただ
思い出したかっただけです、あれは何日間だったたか

騎士団長　私が喪服姿でなくいられたのは、
あなたと結婚した日から数えて。
まるまる一か月です。
アンナ　（皮肉っぽく）
ああ、まるまる一か月？　それは確かにたくさんだこと。
騎士団長　あなたの苛立ちのわけが分かりかねます。
一体くだらない気晴らしのために
あなたは放棄するとでも言うのですか？
すべての敬意に値する代々の習慣を
アンナ　（立ち上がる）
ずいぶんなお言葉ね？
私が敬意に値する習慣を守っていないとでも？
いつ私が何か恥ずべきことをしでかしました？
騎士団長　恥ずべきなどということはありえません、
しかし我々にとってはごく些細な逸脱も
転落への第一歩となりかねません。忘れてはいけませんよ、

アンナ　騎士団長のマントが私にもたらされたのは
懇願でも金銭でも力づくによるものでもなく、
徳の致すところだということを。我々デ・メンドーザの家系は、
古くからすべての騎士は怖いもの知らずで、
すべての淑女はお咎め知らずでした。そもそも必要でしょうか、
まさにあなたのことを人々が悪しざまに言うかもしれないような、
明日のような機会が……。

騎士団長　（苛立って）
私はどこにも行きません。
閉じこもる必要など全くありません。

アンナ　明日私たちは教会へ行かなければなりません。

騎士団長　私は明日教会に行くつもりはありません。

アンナ　それでも行かねばなりません、――
イニーホ修道士が説法を説きます。

騎士団長　あれはこの世で一番退屈な説教師だわ！

アンナ　私も同感です。ですが女王は

騎士団長

あの説教にぞっこんなのです。それでみんな
宮殿こぞってそれに出向くのです。もしもそこに
全大公妃のうちあなただけがいないとなると、気づかれてしまいます。

アンナは黙ってため息をつく。

騎士団長　（騎士団長はポケットから煙水晶のロザリオを取り出す）
私はあなたのために半喪に合わせてロザリオを買いました、
もう少ししたらアメジストのを買うことにします。

アンナ　（ロザリオを受け取って）
ありがとう、でもそれは何のため？

騎士団長　あなたには必要なのです
豪華さにおいて皆に勝ることが。
それともう一つ、どうか、教会に着いたら、
ドンナ・コンセプションに譲ってはいけませんよ
女王のおそばの席を。そこは

あなたのものなのです。どうぞご記憶ください、
どこでも一番いい席が我々のものなのです、
なぜならそこに座るのは我々こそがふさわしいからです、
しかも誰も我々にとって代わることはできない、
それを保証するのはメンドーザ家の名声だけでなく、
私の勲章という栄光の旗印もなのです。
もし万が一にでもドンナ・コンセプションのみならず、
女王までがそのことを忘れたりしたら、
私は直ちに宮殿を去り、
私に従ってすべての我が騎士階級が続くだろう、
そしてもうその時はどうか国王陛下が
せめて両手で王冠を支えていられますように、
時々ぐらつかぬように。私にはできるのです
勇敢に騎士階級の権利を守り抜くことが、
ただし一つだけ必要なことは、その権利が
皆に一目瞭然明らかであることだ、そのためには

我々が気を配らねばならないのは名誉だけでなく、
ほんのちょっとした礼儀の要求でもあるのだ、
どんな微細なものでもだ。たとえそれがあなたには
退屈で、無益で、無意味に思えようとも……。

アンナ　神聖な忍耐よ！

騎士団長　その通り、本当に必要なのです
神聖な忍耐に祈ることが、
人が上流に立つときには
義務を求められる権利の上流に。
義務をともなわない権利は――身勝手だ。

アンナは再びため息をつく。

騎士団長　ため息ですか？　まったく、あなたはご存知だったはず、
ここでどんな義務があなたを待ち受けているか。
あなたは自覚をもって自分の定めを選んだ、

アンナ　だからあなたの後悔は手遅れです。
（誇り高く）
後悔などこれっぽっちもしていません。忘れてください
おっしゃることはごもっともです。
私のたわ言を――もうそれも過ぎ去りました。
騎士団長　それこそ正真正銘の大公妃たる者の言葉！
それでこそ我が妻だ。
すまなかった、一瞬あなたへの確信が揺らいだ、
それでその瞬間、私は孤独になった、
そして戦いがつらく思えた
あの剣を求めての戦いが、それがあれば私たちは
さらなる高みに立つことになる。
アンナ　（生き生きとして）
どんな剣を求めると？　この上といったら
王座だけですわ！
騎士団長　そうだ、王座だけだ。（間）

私はとうの昔に
この計画をあなたに話していたでしょう、もしも私に見えていたら、
あなたが、私と同じものによって生きていけると。

アンナ　あなたはそれが見えなかったの？

騎士団長　実のところは。
だがいまはこの一歩一歩を
あなたと一緒に進めたい。至高の断崖が
そのときこそ栄えある冠を頂くことでしょう、
そこに雌鷲が巣を編む時。

アンナ　雌鷲ですって？

騎士団長　そうだ、雌鷲だけが
細く滑りやすい尖塔の上に
堅牢な館を築き
そこで暮らすことができるのです、水がないことを恐れず、
太陽の照り付けも、雷鳴の威嚇も。
その褒美が高みなのです……。

アンナ　（後を引き受けて）
澄んだ高山の空気の中
お追従を言う谷底たちの香りはしない。
そうなのね？
騎士団長　そうです。手を出してください。

アンナが片手を差し出し、騎士団長が握る。

騎士団長　ではお休みなさい。
アンナ　お出かけになるの？
騎士団長　そうです、騎士団《カピトゥルム》の総会の会議に、
時に遅くなることがありますから、その時は待たないでください。（退場）

アンナは座って考え込む。
召使のマリクヴィタが入ってくる。

アンナ　あら、マリクヴィタなの？　私のドゥエニヤは？
マリクヴィタ　彼女は急に具合が悪くなりまして、安静が必要になりました。でも何なら、私が呼んで参ります。
アンナ　結構よ、休ませてあげましょう。夜だから私の髪をおさげに編んだら、下がりなさい。
マリクヴィタ　（アンナの髪をおさげに編みながら）あの私セニョーラにお話したいことがあって、待っていたんです。セニョールがお出かけになるのを。
アンナ　無駄よ。私はセニョールに隠し事はしないの。
マリクヴィタ　ああ、もちろんです！　私のセニョーラは本当に全く尊いお方です！　私もそう言ったんです、花を受け取るときに、あの召使に。

アンナ　どこの召使？　花って何？

マリクヴィタ　いましがた
どこかの召使がザクロの花を持ってきたんです、
どなたか知りませんがセニョーラにと。

アンナ　（腹を立てて）
まあ何てこと！
ザクロの花を？　この私にですって？

マリクヴィタ　分かりません……。向こうが言ったことです！……。それは確かに
ちょっと厚かましいですわね、だってザクロの花だなんて──
欲望の印ですものね。まあ私ったら何をくどくど言っているのかしら！
誰だって知っていることなのに。

アンナ　マリクヴィタ、
この侮辱が誰からのものなのか、私は知っておかなければなりません。

マリクヴィタ　召使は名は告げませんでした、ただこう言っただけです、
この花を渡しながら、「これをドンナ・アンナに
忠実なムーア人から」と。

アンナが短く鋭い叫び声を上げる。

マリクヴィタ　セニョーラはご存じですの、あれが誰からなのか？

アンナ　（どぎまぎして）そんな花は要らないわ……。

マリクヴィタ　お見せするだけでもと、持ってきているんです。

アンナ　要らないわ！

マリクヴィタは耳を貸さずに飛び出すと、次の瞬間ひと房の赤いザクロの花を持って戻る。

アンナ　（片手で花を押しのけて顔を背ける）捨ててしまって！

マリクヴィタ　私がいただいてもよろしいでしょうか、

もしセニョーラが要らないなら。だってほら見事な花ですもの……。
アンナ　それなら……お持ちなさい……。
マリクヴィタ　明日私、この花でおしゃれをしますね！
アンナ　もう行って！
マリクヴィタ　こちらの窓を開けなくていいですか？ひどくむし暑いですわ！
アンナ　（考え事をしながら、ぼんやりと）開けてちょうだい。
マリクヴィタ　（開けながら）ブラインドも？
アンナ　いいえ、通りから見られるといけないから。
マリクヴィタ　（ブラインドを上げながら）あらまさかそんな！いま、外は全く人気がありませんわ。ここはセビリアじゃありません！　ああ、今時分セビリアでは

アンナ　通り中歌がジャンジャン鳴り響いていることでしょう、素早いマドリレーヌの踊りに空気が渦を巻いていることでしょう！　だのにここの空気ときたら石みたいで……。

アンナ　（イライラして）

ああ、もうたくさん！

マリクヴィタは話しながら窓から身を乗り出し、あたりを見回す。不意に何かを投げるようなしぐさをする。

アンナ　（そのしぐさに気づいて）

何をしているの、マリクヴィタ⁉

マリクヴィタ　（とぼけて）

え？　別に何も。

アンナ　誰かに花を投げたんじゃない？

マリクヴィタ　まさかそんな！

蛾を追い出そうとしたんです……。あの、セニョーラ

アンナ　もうご用はありませんか？
マリクヴィタ　ありません。
（かがんでお辞儀をする）
素敵な、素敵な夢をどうぞ！
アンナ　お休みなさい！

マリクヴィタは退出するが、去り際、ザクロの花をひと房部屋に残していく。アンナはドアのほうを振り向き、震える手でその花房を拾い、もの思わし気にそれに見入る。

アンナ　（小声で）
忠実なムーア人から……。

ドン・ジュアン、物音ひとつ立てず、やすやすとよじ登って窓から入り込み、アンナの前に跪いてその服と両の手をキスで埋め尽くす。

アンナ　（花房を取り落として、うろたえながら）

あなたなの⁉

ドン・ジュアン　私です！　あなたの騎士です！

あなたの忠実なムーア人です！

アンナ　（我に返って）

セニョール、誰の許しを得てのことです？……

ドン・ジュアン　（立ち上がって）

その偽善は何のためです、アンナ？

私は見ましたよ、あなたがたったいま

この花房を手にしていたのを。

アンナ　ただの成り行きです。

ドン・ジュアン　その成り行きに私は感謝します！

（アンナに両手を差し伸べるが、彼女はさっと身をかわす）

アンナ　どうかお願いです、出て行ってください、私を放っておいてください！

ドン・ジュアン　あなたは私が怖いのですか？

アンナ　私はあなたの応対をする

必要などありません……。

ドン・ジュアン　何たる無力な言葉！
かつて私はあなたの口から違う言葉を聞きましたよ！
ああ、アンナ、アンナ、あのあなたの誇り高い
あの時の夢はどこに行ってしまったのですか？
アンナ　あれは小娘の夢――
ただのおとぎ話です。
ドン・ジュアン　だったらあなたと私は
おとぎ話の中にではなく生きていますか？　墓地で、
笑いと涙の狭間に、おとぎ話が生まれ、
ダンスの中で花咲き、別れのうちに育った！……
もうそれも終わるときです。
アンナ
ドン・ジュアン　結末は？
忠実な騎士がお姫様を
岩の牢屋から救い出して、そして始まるのですか、
今度はおとぎ話ではなく、幸せと自由の歌が？
アンナ　（首を振る）

おとぎ話の終わりはこうじゃいけませんか、
騎士はただお家《うち》に帰るのです、
だって、もう騎士がお姫様を救い出すのは手遅れでしょう？

ドン・ジュアン　ああ、だめです！　おとぎ話ではそれはありえません！
それは実生活の中でだけ起こることで、
それもくだらない実生活でだけだ！

アンナ　私は何一つ
あなたから望んでいません。私はあなたに頼んだ覚えはありません、
救ってくれとも、慰めてくれとも。
私はあなたに愚痴一つこぼしてはいません。

ドン・ジュアン　ああ、アンナ、
この私の眼が節穴だとでも？……
（優しく）
その眼、
かつてはキラキラと、誇り高く、きらめきを放ち、
いまは暗い不平に縁どられ

あの炎はまるで消えてしまっている。
ああ、その手、さながら優しい花であったのに
いまでは象牙の如くなりはて、
まるで殉教者のそれだ……。その姿
激しい波のようであったのに、いまでは女人像柱《カリアティード》然として、
その背に石の重荷を背負っている。
（アンナの手を取る）
愛しいあなた、そんな重荷は投げ捨ててしまいなさい！
石の衣など打ち壊してしまいなさい！

アンナ　（力なく）
できません……。
その石……それは圧し潰すだけじゃありません、
それは心を石にします……それが一番恐ろしい。

ドン・ジュアン　いいえ、いいえ！　それはただの夢、石の悪夢だ！
私がそなたを愛の炎で目覚めさせてやる！
（ドン・ジュアンはアンナを不意に抱きしめ、アンナはその肩にもたれて、堰を切っ

たように号泣する）

そなたは泣いているのか？　その涙は復讐を求めている！

遠くで鍵穴に鍵を差してガチャガチャさせる音が聞こえる、
次いで階段に重い、ゆったりとした騎士団長の足音がする。

アンナ　あれはゴンザゴの足音！　逃げてください！

ドン・ジュアン　逃げる？　いやだ。これはおあつらえ向きだ、今度こそ奴に道を譲るものか。

騎士団長　（入ってきてドン・ジュアンを見つける）あなたが？　ここに？

ドン・ジュアン　私はここにいます、セニョール・デ・メンドーザ。あの寛大さに感謝を示すためにやって来たのです、いつぞや私にお示しいただきましたよね。いまは私はあなたと対等です。見てお分かりですよね？

騎士団長は黙って剣を抜き、ドン・ジュアンも抜く、そして決闘を開始する。ドンナ・アンナは叫び声をあげる。

騎士団長　（アンナのほうを振り向いて）
　黙っていなさい。

ドン・ジュアンは騎士団長の首を刺し、騎士団長は倒れて死ぬ。

ドン・ジュアン　やったぞ！（騎士団長のマントで剣を拭う）
アンナ　（ドン・ジュアンに向かって）
　何てことを！
ドン・ジュアン　何がです？　私は打ち負かしたのです
　ライバルを、公正な決闘で。
アンナ　これが決闘だとは認められっこありません、
　あなたは人殺しとして罰せられます。
ドン・ジュアン　そんなのどうでもいい。

アンナ　こちらには
どうでもよくありません、私が何と呼ばれるでしょう
二重の未亡人ですよ――夫を亡くし
愛人も失って！

ドン・ジュアン　でも私はまだ
あなたの愛人ではありませんでしたよ。

アンナ　ええ、私たちはそれを知っています。
でも誰がそれを信じるでしょう！　私はいやです
不貞の汚名を着て、恥辱の刻印とともに
この針の筵《むしろ》にとどまるなんて。

ドン・ジュアン　共に逃げよう！

アンナ　気は確かですか？
それは旅に石を携えていくようなものですよ！
私から離れてください、でないといいますぐ
私は叫び声を上げて、言いますよ、あなたが
私を辱めようとしたと、この裏切り者が

セニョール・デ・メンドーザを殺したと。

ドン・ジュアン　ドンナ・アンナ、あなたにそれが言えますか!?

アンナ　(きっぱりと)言いますとも。

ドン・ジュアン　では、もし私が、あなたは愛人で、殺人の共犯者だと言ったらどうしますか?

アンナ　それは騎士らしくありません。

ドン・ジュアン　ではあなたは、セニョーラ、何らしくしようというのですか?

アンナ　私はわが身を守るだけです。もしあなたがいますぐこの家から出ていくのでしたら、私が言ったことを、みんなも信じるはずです、ここに強盗がやってきた、それだけの話だと。

ドン・ジュアンは決めかねて動かないでいる。

アンナ　どうしました？　だって何も考える必要はないでしょう？

ドン・ジュアンは黙って窓から這い出る。アンナは何分間か窓から外を見つめて、ドン・ジュアンが遠くまで去るのを待つ。次に宝石箱から装飾品を取り出し、窓辺にそれを放り投げ、叫び声を上げる。

アンナ　強盗！　強盗！　助けて！　お願い！　誰か！

その叫び声に人々が集まってくる、アンナは気を失ったかのように倒れる。

V

マドリードの墓地。多くは暗色の石の墓碑、厳格様式のもの。脇のほうにはるか昔に建てられた御影石の小礼拝堂。

植物も花もない。寒い、乾燥した冬の日。

濃い黒の喪服を着たドンナ・アンナ、墓に供える銀の輪飾りを抱えてゆっくりと進む。彼女に続いて年寄りのドゥエニヤが歩いて行く。両者は騎士団長の墓碑――巨大な像で、右手に騎士団長の長い杖を持ち、左手は剣にもたれており、その剣の柄の上に巻物が広げられている――の立っている墓に向かって進む。アンナは黙って墓の前に跪き、輪飾りを像の足元に供え、唇を微かに動かしながらロザリオを爪繰《つまぐ》る。

ドゥエニヤ　（アンナが一度ロザリオを爪繰り終わるのを待って）

セニョーラにお頼み申し上げます

どうかほんの一時ばかりお許しを頂いて、

すぐ近くまで、ほらあの門のあたりまで参って、

アンナ　親戚の者から手袋を借用して来たいのですが、困ったもので家に忘れて来てしまいまして、寒くて仕方がないものですから。

ドゥエニヤ　それは困るわ、私がここに一人になってしまうわ。

アンナ　セニョーラ、お慈悲です！　どうか。私はこんなに年寄りで、リュウマチでとてもつらいんです！　ご覧になれますでしょう、セニョーラ、この腫れた両手が？　実を言えば、痛みで夜も眠れませんでした。

ドゥエニヤ　（ドゥエニヤの両手を見つめて）あら本当ね、むくんでいるわね。ええ、どうぞ、行ってらっしゃいな、ただぐずぐずしないでね。

アンナ　急いで行って参ります。私のセニョーラは慈悲深い天使でいらっしゃる！（退場）

ドゥエニヤがその場を離れるや否や、近くの墓碑の陰からドン・ジュアンが姿を現す。

アンナはすっくと立ちあがる。

ドン・ジュアン　やっとあなたに会えた！

アンナ　ドン・ジュアン！

あなたが私のドゥエニヤを買収したんですの？

ドン・ジュアン　いいえ、私はこの瞬間をものにしただけです。たとえそうだとしても、あなたご自身が悪いのです。

アンナ　私が？

ドン・ジュアン　あなたが。他の誰がこの私に

何時間も墓地をぶらつかせるというのです？

あなたの姿を求めながら。その挙句、

手に入る幸せと言ったら、あなたが

ドゥエニヤに守られてここで

空々しい祈禱を

「忘れえぬ者」の墓であげている姿を見ることだけなのです。

アンナ　（手の動きでドン・ジュアンを制して）

待ってください。
誰もあなたに強いてはいません——これが第一、
第二に——私の祈禱は本物です、
なぜなら私は、不本意ながら、
夫の死の原因になってしまいました、
私を敬い慈しんでくれたのに。

ドン・ジュアン　セニョーラ、
おめでとう！　大成功だ！

アンナ　何のことです？

ドン・ジュアン　偽善ですね！

アンナ　許しません
そのような言葉は。（不意に去ろうとする）

ドン・ジュアン　（手を取って引き留めて）
ドンナ・アンナ！
行かせるものか！

アンナ　叫びますよ。

ドン・ジュアン　（アンナの手を放す）
どうか私の言うことをちゃんと聞いてください。
あなたがその無礼な調子を改めるなら、
応じましょう。ただし手短におっしゃって、
また誰か来るかもしれません、

アンナ　こうして二人きりでいるところを見られたくありませんから。

ドン・ジュアン　驚きですよ、
あなたにとってこうした軛《くびき》が自発的なのは何のためです！
私はてっきり——もう石は打ち砕かれたと思っていました、
重荷は落ち、人は息を吹き返したものと！
そうではなかった、一段と硬さを増したようですね
あなたのその石の衣装は。あなたの家は——さながら
包囲中の塔、扉には錠が下り
妬みのブラインドは通さない
日の光も、人の眼も。使用人はみな——
四角四面で、敵意に満ち、買収が効かない……。

アンナ　つまり、もう買収を試みたってこと？

ドン・ジュアン　アンナ、こうなっては破れかぶれじゃないですか？　だって、表からあなたを訪れると、聞かされるのはいつも、「セニョーラはお目にかかりません」ばかり。

アンナ　当たり前です、実際ありえますか、うら若い未亡人が、しかも喪中だというのに、あなたのような評判の殿方を、招き入れるなどということが、しかも一人きりで？

ドン・ジュアン　おお、アンナ、アンナ！　私はもう気が変になりそうだ！……　これがあなたか？　これが本当にあなたか？……　変わらぬ美しさ……　なのにその言葉は、その言葉ときたら！　誰に教わったのです？　誰があなたの魂を変えてしまったのです？

アンナ　ドン・ジュアン、

誰も私の魂を変えてはいません。
私の魂は生まれつき誇り高く、
いまもそのままです。だから私は
難攻不落の砦に閉じこもりました、
誰にも言わせはしません、「ほらやっぱりね、
あの後家さんうきうきしている、——たがはずれちゃったんだな！」
あなただったらこれに耐えられますか？

ドン・ジュアン　私がもう剣を持っていないとでもいうのか、アンナ？

アンナ　そうやって——マドリードを無人にする気？
それともその剣で切り捨てられるというの？
ありとあらゆる疑いの眼差し、薄笑い、ささやき、
目配せ、口笛、肩をすくめる仕草、
そんな至る所で私を待ち受けていたり、背後で行われることを。

ドン・ジュアン　逃げよう、アンナ！

アンナ　あはは！

ドン・ジュアン　可笑しいですか？

アンナ　笑うのでなければ、ため息をつくかだわ、
そちらのほうがあなたには嬉しいかしら？
ドン・ジュアン　セニョーラ!!
アンナ　その言葉を聞くのはもう三回目です、
いい加減うんざりです。
ドン・ジュアン　まったく、
あなたは本物の石だ、魂がない、心がない。
アンナ　ただ理性は無くしていない――それは認めますね？
ドン・ジュアン　ああ、それは認めましょう！
アンナ　教えてください、何のために
いま私たちは逃げるのですか？　そこに何の意味があるのですか？
あなたが娘たちを誘惑したり、
奥方を夫から奪ったりしたときは、
彼女たちと逃げることになったのももっともです、
追放者たる者は、必然的に逃亡者ですもの。
でも今度は自分で自分を放り出すことになるのですよ

追放の身に？　一体何のために？　その目的が
誰の者でもない未亡人を手に入れることですか？
よくお考えください、笑い種《ぐさ》ではありませんか？
それにあなたにとって私が何だというのですか？　たとえ
いまあなたと一緒に逐電したとしても。それはきっと
ほんの束の間の気晴らしでしかないでしょう。

ドン・ジュアン　アンナ、
私にはあなた以上に愛した人はいない！
私にとってあなたはさながら聖堂だった。

アンナ　それならなぜあなたは愚かにも
その聖堂を台座から引きずり降ろそうとなさったの？

ドン・ジュアン　それは生きているあなたを手に入れたかったからです、
石のようなあなたではなく！

アンナ　石は必要です、
頑丈に建てたいなら、
自分の人生と幸福を。

ドン・ジュアン　そうやってあなたは
未だに信じるのをやめていないのですね
石の中の幸福を？　私がこの目で見なかったというのか？
あなたがその石の下敷きになってあえいでいたのを。
私がこの耳で聞かなかったとでもいうのか？
この肩にもたれて流される激情の涙を。だからその涙の代価を
あいつは命で支払ったのですよ。（石像を指し示す）

アンナ
罪もないのに。

ドン・ジュアン　（驚いてアンナから離れて）
もしそれが本当なら……

アンナ
だって、彼のせいではなかったのです
あの束縛も。彼はもっと大きな重荷を
一生背負ってきたのです。

ドン・ジュアン　そんなのはあいつの勝手な意志だ。

アンナ
私も意志に従って同じ人生を目指して進んできました。
でも彼には耐えるのはたやすかった、

だって彼は私を愛していたから。それは本当に幸福なことです――

明るい頂上に

自分の愛する人を立たせるというのは。

ドン・ジュアン　そうした頂上は……

あなたはそれに関する私の考えをご存知だ。

アンナ

幸福の光に反対する考えに何の価値がありますか？

厳しい作法という名の束縛を

この私が怖がったとでも思いますか？

私の砦で私の愛する人が待っているのに、

あの錠やねたましいブラインドは執拗な眼差しから

ただ私の華やかさを隠してくれていただけ、

それを私は知っていたかもしれないのに……

ドン・ジュアン　アンナ、あなたはまるで灼熱の鉄でするように、

言葉によって心を試している！

私に幸福の絵を描いておきながら

「これは汝のためではない」と言う。

だったらどうすれば私はあなたにふさわしくなれる？
私はあなたのおかげでひそかな恥辱を甘受している。
この生き方は、まるで悔い改めた魂か何かがするように、
他人や敵の間にあって、
味気なく、言うならば、下劣な生き方だ、
なぜならそれには何の意味もないからだ！　あなたには何が必要なのだ？
それともあなたの足元に投げ出さねばならないのか、
己のこんなにも激しく慈しみ育ててきた自由意志を？
信じられますか？　絶望のせいか
そんな考えが押し寄せてくるようになった、
執拗に。

アンナ　でも絶望のせいだけかしら？

ドン・ジュアン　いったいあなたは義務なんてものを持ち込むおつもりですか
私たちの間に？　あなたは怖くないのですか？
それは私たちの生きた愛を圧し潰すのですよ、
自由意志という子供を。

アンナ　（騎士団長の像を指し示して）
彼がいつか言いました。
「誓いを恐れるのは愛ではない」と。
ドン・ジュアン　いまこの時あなたは私に
他に言うことがないのですか、
こいつの思い出話以外に?!
アンナ　私があなたに何を言えるというのですか？
ドン・ジュアン　（アンナの腕をつかんで）
いや、こんなことは止めにしなければ！　そうでなければ
私は誓って、いますぐここを去って
自分に決着をつける。
アンナ　それは脅迫？
ドン・ジュアン　違う、脅迫ではない、臨終のうめきだ、
いま私は石の重さに潰されて果てようとしている！
心が死んでいく！　私にはできない、アンナ、
死んだ心を持って生きるなんて。救ってくれ

アンナ　さもなくば息の根を止めてくれ！
（アンナの両手を握り締め、その目を見つめながら全身震えている）
時間をください……私ちょっと
考えなくては……（考え込む）

門のほうから小道を、少女とドゥエニヤを伴ったドンナ・コンセプション大公女が近づいてくる。アンナからは彼女たちは見えない、それは小道に背中を向けて立っているせいである。ドン・ジュアンが最初に一行に気づき、アンナの手を放す。

少女　（アンナに駆け寄って）
こんにちは、ドンナ・アンナ！
ドンナ・コンセプション　セニョーラはお祈り中よ。邪魔しちゃだめよ。
アンナ　（どぎまぎして）
こんにちは、ドンナ・コンセプション！　こんにちは、
ロジーナちゃん……私、とても困っていて
ドゥエニヤが――手袋を取りに行ったきり

なかなか戻ってこなくて、家に帰ろうにも
私一人で町を通るわけには……
ドンナ・コンセプション　ドンナ・アンナ、
あらここに騎士さんがいらっしゃるんだから、送っていただけば。
（ドン・ジュアンに）
セニョール・デ・マラーニャ、私存じませんでしたわ、
あなたがセニョーラ・デ・メンドーザのご親戚だったなんて！
あなた、少しでもこの方に気晴らしをして差し上げないと、
でないと心が塞いでいまにも弱り切ってしまうわ。
（先へと駆けだした少女に向かって）
ロジーナ、待ちなさい！
（アンナに）
ごきげんよう！

ドン・ジュアンはお辞儀をする。ドンナ・コンセプションはそれに対して微かに頷き、少女を追って墓地の別の一角の小礼拝堂の向こうへと消えていく。ドゥエニヤは何回

も面白そうにアンナとドン・ジュアンを振り返るとその後に続く。

アンナ　（ドン・ジュアンに向かって）
さあ、あの女の方を殺してきてください、
ただしそれだけでは終わりませんよ
あなたの剣のお仕事は……。さぞやうれしいでしょう！
こうなってはもう解放する必要なんてありませんものね——
あなたの姫君は勝手に山から落ちるのです！
（絶望して頭を抱える）
分かっていますとも！　あなたの魂胆は、
私を待ち伏せしておいて、
恥辱に打ちひしがれて、絶望した私が
簡単に追い込まれて、あなたの腕に身を委ねることでしょう？
でもそうはなりませんから！

ドン・ジュアン　誓って私は——
そんなことを望みはしなかったし、望むはずがあるでしょうか。

下劣な勝利など私は求めていません。
これをどう挽回したものでしょう？　おっしゃってください。
あなたのためなら何でもします、
あなたのそんな絶望した姿を見なくて済むのなら。

間。
アンナは考える。

アンナ　明日の晩餐にいらしてください。
あなたを招待します。他にも客人を招きます。
私たちは人前で会ったほうがいいかもしれません……。
私は、もしかしたら、何とか……。ああ、ドゥエニヤが来ます！
ドゥエニヤ　（近づきながら）
セニョーラがどうかお許しくださいますように……。
アンナ　あなたのせいではありません、
この勤めには年を取りすぎているからといって。

ドゥエニヤ　（哀れっぽく）おお！……

アンナ　行きましょう。

（黙ってドン・ジュアンに頷く、相手は低くお辞儀をする）

アンナとドゥエニヤ、退場。

スガナレル　（小礼拝堂から出てきて）

さて、おめでとうございますと申しましょうか、だんな？

晩餐の招待を手に入れなすったんでしょう？

それにしては何だか浮かない様子ですね！……　そりゃそうですよね――

あの家で食事をするなんて……おまけにそこでふるまわれるのは

あのだんなの食器からですからね……。（騎士団長の石像を指し示す）

ドン・ジュアン　ふん、それがどうした？

スガナレル　だってですよ、もしもこのセニョールが現れて

あそこで明日あなたの向かいの席に就いたら、

そうしたら……。

ドン・ジュアン　お前は何か、私が怖がるとでも？

こうしてこいつとはもう、一度ならずお目にかかっているんだぞ。

スガナレル　それが何です！　死人は生きてる者よりおっかないんですよ、

キリスト教徒にとってはね。

ドン・ジュアン　私だけは違う！

スガナレル　それでもあのだんなにお願いしてみないと、

明日の晩餐のことを。

ドン・ジュアン　まさか主《あるじ》を

招待するわけにもいくまい。

スガナレル　せめてお知らせしておかないと。

ドン・ジュアン　仕方ないな、行ってあいつに知らせてこい。

どうやらお前はエチケットを習得したようだな、

大公にお仕えするうちに、

追放者にではなくな。

スガナレル　どのようにお知らせしたら？

あなた様のお名前で？

ドン・ジュアン　当たり前だ。

スガナレル　何だってあっしが行くんで？　だんなが行ったほうが簡単なのに。

ドン・ジュアン　エチケットを気にしていたかと思ったら、今度は簡単がよくなったのか？　おい、スガナレル、ここにきて急に臆病風に吹かれだしたか！　お前にはこのマドリードの効き目は無いようだな。

スガナレル　だんなのほうはちっともマドリードの差し障りはないんですね。

ドン・ジュアン　さあ、さあ、知らせてこい！

スガナレル　(動き出すが、はたと止まって、ドン・ジュアンを振り返る)あのう、どうやってだんなに返事を持って来ましょう？

ドン・ジュアン　いまとなってはどうもこうもなかろう。そう願いたいね。

スガナレル　(石像のところに行き、深々とお辞儀をし、口上を述べるが、その声は嘲りながらも震えている)不動にして頑丈な、でっかいあなた様！　ドン・ジュアン様からのご挨拶をお受け取り願います、

セニョールはセビリアのデ・マラーニャの家の出で、
デ・テノリオ侯爵にして大公です。
こちらのだんな様はご招待の多大な名誉を拝しました、
あなた様の奥方様のドンナ・アンナ様からでして、
それで明日晩餐会にお伺いすることになりまして、
あなた様のお屋敷に。ですがあなた様にそれがご不都合とあれば、
その場合こちらのだんな様はご招待を遠慮いたします。

ドン・ジュアン　ふん、最後のは余計だぞ。

スガナレル　いいえ、余計じゃありません、
そうでなけりゃ――何がご報告なもんですか？
（叫び声を上げる）だんな様！
あちら様はあなた様に返事をよこしました、何とお手紙で！

ドン・ジュアン　どんな返事だ？　どこだ？

スガナレル　（読む）
「来るがいい、待っているぞ。」

ドン・ジュアン、そばに寄る。
スガナレルは主人に石像の左手の巻物を示す。

ドン・ジュアン　（やや間をおいて）
まあいい、俺だって手形なしってわけじゃない。

二人、墓地を後にする。

Ⅵ

騎士団長の屋敷の宴会場。さほど大きくはないが、彫模様のある戸棚や、高価な調度や武具などを置いた飾り棚で美しく飾られている。中央に客を招いての夜会の支度が整った長いテーブル、その周囲に重厚なスタイルのナラの木の椅子。一方のテーブルの端の背後の壁には額縁に黒い覆いのかかった騎士団長の巨大な肖像、反対側のテーブルの端の壁には床までとどく長細い鏡、その鏡の前が主賓席で、肖像に相対する形で椅子が置かれている。一人の召使が隣室につながるドアを開け、他の召使たちは食卓の給仕に供えている。ドンナ・アンナが一群の客人たちを連れてくるが、そのほとんどは年配者で、尊大で高慢であり、黒装束。アンナ本人は白いドレス姿で、縫い目に沿って延々と幅広の黒い縁取りが付いている。

アンナ　皆さま、どうぞ御着席ください。
（最年長の客に向かって主賓席を示しながら）
あちらがあなた様のお席です。

最年長の客　いや、セニョーラ、
すまんが、わしは座らんよ、そのまま
空席にしておこうではないか。そうすれば、
我々の主《あるじ》は遅れているだけで
まだこれから宴席にお出ましになるように見える。
あの方がいない中で我々がここに集うのはこれが初めてだ、
だからつらくてこうした考えにはなかなか慣れないでいる、
それはつまりあの方の偉業が死の蓋で閉じられてしまったということだ。
（空席のままとなった主賓席の向かいの、騎士団長の肖像のある側のテーブルの端の
席に就き、既に各自席に就いた客人たちに食事を出すよう、召使たちに合図する）
アンナ　皆さま、ようこそ、
どうぞお召し上がりくださいい、そして
お許しいただきたいのです、もしも行き届かない所が
この後家の宴の席にあったとしても。難しいことなのです
後家一人の屋敷に騎士の秩序を保つのは、それは是非にも
家の体面のためには必要なのですが。

ドンナ・コンセプション　（そっと自分の隣の年下の貴婦人に向かって）
まるで体面のためには
服喪の最中の宴会が必要で、
他には何も必要ないみたいですわね。
ドンナ・クララ　（ドンナ・コンセプションの隣席の客人）
でもこれまでドンナ・アンナは万事
体面を保って来ましたわ。
ドンナ・コンセプション　ドンナ・クララ！
私、よーく知っているんです……。
ドンナ・クララ　（アンナのほうに不審げな視線を向けて）
まさか……そんな？
召使　（敷居のところで）
テノリオ侯爵がお越しです。
アンナ　お通しして。

ドン・ジュアンが入ってきて敷居のあたりで立ち止まる。

アンナ　（ドン・ジュアンに対しうなずいてあいさつの意を示し、客人たちのほうを向く）
皆さんにご紹介させていただきます、
セニョール・デ・マラーニャ、
デ・テノリオ侯爵です。
（ドン・ジュアンに向かって）
セニョール、
おかけください。

ドン・ジュアンは目で自分の席を探し当て、主賓席に陣取る。自分の向かいの騎士団長の肖像に気づき、ぎくりとする。

アンナ　（召使に向かって）
セニョールにワインを差し上げて。

召使はドン・ジュアンに他の客たちよりも大きく見事な杯を渡す。

とある客人　（ドン・ジュアンの隣席で）
ああその杯は。面影を偲ぶとしましょう、
かつてその杯で飲んでいたお人の。
（自分の杯をドン・ジュアンに差し出し）
あのお方の騎士魂が
この屋敷の中に永久に記憶に留められんことを！
ドン・ジュアン　（客人の杯と自分のを触れ合わせて）
永久に安らかに！
老大公女　（ドンナ・アンナの右手に座っている女性がそっと、女主人のほうに身をかがめて）
わたくし、そのデ・マラーニャ家の方々はよく存じ上げませんの、
こちらの方はドン・ジュアンではありませんか？
アンナ　この方のお名前は
アントニオ・ジュアン・ルイース・ウルタドです。
老大公女　あら、それじゃ、違うわね……。
ドンナ・コンセプション　（この会話を耳にして、皮肉な笑いを浮かべ、こっそりと隣席の女性に

向かって）

老大公　当のご本人ですわ！
（隣席の若いほうの大公に向かって）
あなたはご存知ないですかな、デ・マラーニャのどこが我々より勝っておるのでしょうな、よくも考えなしに主賓席に座れたものですな？

若いほうの大公　（顔をしかめて）
存じませんな、いやまったく。

老大公　恐らく、その方の名声が新しくて、我々のはもう古ぼけてしまったからでしょう。

若いほうの大公　恐らく。

ドンナ・コンセプション　（ドン・ジュアンに向かって、大声で）
お聞きしますが、セニョール・デ・マラーニャ、昨日訊きそびれてしまいましたの、お二人のお話を邪魔したくなかったものですから、あなたはドンナ・アンナを慰めている最中でしたわね、

場所は夫のお墓の上――でも私知りたくて
あなたはいったい彼女にとってどんな
ご親戚なんですの？　きっと、従兄《いとこ》なのでしょう？

ドン・ジュアン　いいえ、私たちは親戚でも何でもありません。

ドンナ・コンセプション　あら、そうですの？
でもあなたは何て善良で思いやり深い御心の持ち主なのでしょう！
確かに聖書の命ずるところでもありますものね、
「悲しむ者たちを慰めよ……」と。

アンナ
（やや声を高めて）
ご親戚の皆さま！
それではどうか説明させてください、
私がこのような異例な形で
この宴を催したわけを……。
（ドン・ジュアンに向かって）
ああ、ごめんなさい。
あなたは何かおっしゃりたかったのでは？

ドン・ジュアン　いいえ、構いません、
お話を続けてください、ドンナ・アンナ。
アンナ　(騎士たちに向かって)
愛する姻戚関係の皆さま、本当のことをおっしゃってください、
私が一度でも何かしら敬意を怠ったことがあったでしょうか、
あなた方一族の名に対して？
騎士たち　皆無です！
アンナ　(ご婦人方に向かって)
大切なご親戚の女性の方々、皆さまが一番ご存知のはず、
どれほど若い女性が必要としているか、
敵の多い社交界での助言と保護を。
ではどこで助言と保護を探したらいいのでしょう？
未亡人であり、神様から至聖なる出家者の立場に
連なることを認められていない身は
私にかけられたその保護は
喪のベールだからか、あまりにも薄く、

人々は私に触れずにおいてはくれませんでした
棘のある非難の言葉が、無実であるにもかかわらず投げつけられました。
教えてください、私はどなたのところで、どこで
庇護を探せばいいのでしょう？

ドンナ・コンセプション　あら、一番いいのは、
それを探す必要が全くないことですわ！

ドン・ジュアン　もっといいのは——棘どもに容赦しないことです
そして奴らに自分の意志を食い物にさせないことです。
（ドン・ジュアンを見透かすように見つめて）

最長老の客
我らが身内の女性陣は完全な自分の意志を持って
すべてをなす、デ・メンドーザの名を
汚さぬためにな。それでも万が一
何者かのせいで我らが女性陣が
その高い名声を保つことができないときは——知るがよい、
我らが血縁に騎士は大勢いて、
その誰もが自分の剣を身内の女性のために捧げるものと。

ドン・ジュアン　彼女には多くの剣など必要ない、
私の手にこの一振りがある限り！
（剣を鞘から半ばまで引き抜く）

最長老の客　（アンナに向かって）
あなたは一振りの剣で満足ですかな？
庇護のために

ドン・ジュアン　剣が足りないなら、
私がさらに別の庇護を見つけ出すまで。

最長老の客　（再度アンナに向かって）
彼にはそれを言う権利がありますかな？

アンナ　はい。

最長老の客　どうやら、我々はこの家では無用らしい。
（立ち上がる、他の客たちも彼に倣う）
侯爵はご覧のように、まだ測りかねておいでだ、
どの形の庇護を選択すべきかを。
だがそれは一人でやり遂げた方がよかろう、

人前よりも。その決定は恐らく、
遅くとも明日には我々に告げられることであろう、
あるいは既に我々には自ずと想像がつくことではあるが。
（アンナにお辞儀をする、すべての客がそれに倣う、宴会場から移動する）

ドンナ・アンナとドン・ジュアンだけになる。

ドン・ジュアン　かくて石の門は閉じにけりだ！
（苦々しげに、辛辣な笑みを浮かべる）
おとぎ話がこんなにも不意に終わるとは！
お姫様と共に騎士も籠の中か！……
アンナ　それって悪い結末かしら——その手に
お姫様と一緒に気高い砦をも手に入れることが？
これが牢獄だなんてどうして私たちは思う必要があるでしょう、
つがいの鷲の憩う、鳥の巣ではないですか？
私自身がこの鳥の巣を岩山の上に築きました、

苦労や恐怖や困難――すべてを克服し
この高所にも慣れました。
あなたもこの高みに暮らしてはどうですか？
だってあなたは翼のある精神をお持ちでいらっしゃる――
ひょっとしてあなたは深淵と断崖が怖いのですか？

ドン・ジュアン　私が怖いのはただ、
自由意志が打ち砕かれる可能性だけです。

アンナ　自由意志なんて、そもそもありはしません……。
そんなものはとうの昔にドロレスがあなたから持ち去りました。

ドン・ジュアン　それは違う！　ドロレスは自由意志を壊しはしなかった！
彼女は私のために魂を磔《はりつけ》にして
心臓を貫いたのです！

アンナ　それは何のためでしょう？
あなたに再び市民社会の枷を取り戻してあげるためです、
あなたにとって大層厭わしかったはずですよね！

ドン・ジュアン　ああ、確かに、そんなものは願い下げですね、あなたという人がいなければ。今度だって壊してしまうところでしたよ、他にそこから解放される術がないならば。

アンナ　たとえそれを一瞬でも自発的に受け入れた者は、永遠にそれが魂の奥深くに嚙みつくのです——私にはよく分かるのです、どうか信じてください！　そしてもう魂から払いのけることはできません、ただできるのは精神の力と熱意によってそこから強力な権力の鎖を作り上げることです、それはもう世間を、まるで捕虜のように縛り上げるのです、そしてあなたの足元に放り投げるのです！　断言します、権力なしに意志の自由はありません。

ドン・ジュアン　望むところだ。私は人の心を操る権力を持っていた。

アンナ　それはあなたの思い込みです。その心はことごとくあなたの権力のせいでただ灰と化し無になってしまったではないですか。唯一

破壊されずに残ったのは――私の心、
なぜなら私はあなたと対等だからです。

ドン・ジュアン　そのせいで私は競い合って、
あなたに打ち勝とうとしてきたのです！

アンナ　それも無益なことです。
それよりも私たちは一緒に力を合わせて、
この山をしっかり手中におさめるほうがよくはないですか、
私はそれをこんなにも苦労して上ってきたのです、
ところがあなたときたら――小指から指輪をはずして
それを私に渡すだけで満足なのでしょうね。

ドン・ジュアン　ドロレスの指輪を私はあなたに渡さなければならないのですか?!

アンナ　別にいいでしょう？　だって私はドロレスを殺したりしなかったでしょ。
あなたのほうこそこの家に死体を横たえたのですよ、
それは私たちの間に横たわって
踏み越えることのできない恐ろしい敷居となりかねなかったのです。
でも私は踏み越える準備ができています

今回の敷居もです、だって私は生まれつき怖いもの知らずですから。

ドン・ジュアン　私は人々に咎められることはわんさかあった、
だが怖いもの知らずという点ではこれまで認められてきた
友にも敵にも。

アンナ　それはあなたには十分あって、
この家からの出口を切り開くことができます、
あなたならデ・メンドーザの幾多の剣を恐れたりしない、
その点は私は確信しています。

ドン・ジュアン　あなたはどうなるのです？

アンナ　あなたがそれを気にしてどうするのです？　私のことはお構いなく。
最悪の不幸でも――手助けよりはましです、
偽善的で、必要に迫られてのことならば。

ドン・ジュアン　この指輪をあなたに！
（小指から指輪をはずしてアンナに与える）
（ドン・ジュアンと指輪を交換する）

アンナ　これが私のです。でもすぐにあなたには別のを

お贈りします。印章を押すためのものを
騎士団長の証書に。

ドン・ジュアン　どういうことです？

アンナ　こういうことです。
私はあなたのために騎士団長の位を手に入れます。
なぜなら私が選んだ方であるからには下位にはなりません
騎士階級と宮廷の眼前において。周知のごとく、
あなたは怖いもの知らずの騎士でした
追放の身であった時も、
そしてこれからはあなたは人のお手本になるのです
あらゆる騎士の高潔さの――あなたにはたやすいはず……。

ドン・ジュアン　（話を遮って）
あなたのお考えではたやすいのでしょう――
偽善の底なしの海に溺れてしまうことなど、
いわゆる騎士の高潔の規範とやらですよね？

アンナ　もう空っぽの言葉はたくさんです、ジュアン！

何が「偽善」ですか？　さあ認めなさい、
あなただってすべてを偽りのない心で行ってきたわけじゃない、
時にはあなただってふりをする羽目になったでしょう、
どなたかの素敵な眼差しを誘うために、
ならばそのいまの誠実さはどうしたこと？
もしかして、この目標はあなたには高すぎましたか？

ドン・ジュアン　（考え込んで）
するとこの私が遺産を受け継ぐというのか？
この砦の主《あるじ》亡き後……
奇妙なことだ……自由の騎士が——この手に、
重たい破城槌を握るのか、
領地と城を手に入れるために……。

アンナ　自由の騎士のあなたは、追放の身であったとき、
ならず者でした。

ドン・ジュアン　仕方なかったのです。

アンナ　仕方なかった？　だとしたらその自由意志とやらはどこにあったのですか？

必要に迫られて打ったり盗んだりしていたのでしょう、
自分が人や飢えに殺されまいとして
私にはそこに自由意志は感じられません。

ドン・ジュアン　だが権力は、
認めてください、私にはありました。

アンナ
いいえ、認めません！
「相互的な狩り」があっただけです――
私はあなたがこの言葉を口にした時のことをよく覚えています、
そのまま狩猟用であり続けるのはあまり名誉なことではありません！
あなたはまだ、権力とは何かを分かっていません、
一本の手だけを持つのではなく、
何千もの戦いの装備をした手を持つことの意味を、
それがあれば強化することも滅ぼすこともできるのです
世界中の王座を、そして――手に入れることさえ。

ドン・ジュアン　（うっとりとして）
何と誇り高い夢！

アンナ　（情熱的に囁きながら、さらにそばに寄って）
そう、王座を取るのです！
あなたは遺産として受け取らなくてはなりません
この夢も騎士団長の称号と共に！
（戸棚に駆け寄りそこから白い騎士団長のマントを取り出す）

ドン・ジュアンはその途端ぎくりとするが、アンナの言葉に心を奪われてマントから目をそらすことができない。

アンナ　ジュアン、ご覧なさい！　この白いマントこそ、
騎士団長の着衣です！　これはただの
着飾るための衣装ではないのです！　これはさながら旗なのです、
その周囲にあらゆる大胆な者たちを結束させます、
あらゆる、血と涙を恐れぬ者たちを
永遠の栄誉を打ち立てるために！

ドン・ジュアン　アンナ！

私はいままであなたを分かっていなかった。あなたはまるで女性ではない、そしてあなたの魅力は女性としてのそれを超えている！

アンナ　（ドン・ジュアンにマントを持って近づく）このマントを当ててごらんなさい。

ドン・ジュアン　（受け取ろうとするが、やめる）だめだ、アンナ、血が付いているみたいだ！

アンナ　これは新品のマントです、まだ一度も袖を通していません。それに、だったらどうなのですか？　血がついていたって何ですか？　いつからあなたは血が怖くなったのですか？

ドン・ジュアン　確かにそうだ、何が血を恐れることがあろうか？　このマントを受け取らないって法があるだろうか？　私は遺産を全て手にしようとしている。私はもうこの館の主になろうとしているのだ！

アンナ　まあ、またその話を蒸し返すだなんて！　私はあなたのお姿を拝見するのが待ちきれないでいるというのに、あなたが永遠になるべきそのお姿を！

（マントを渡し、ドン・ジュアンはそれを纏《まと》う、アンナは剣と騎士団長の長杖と白い羽のついた兜を、壁からはずして彼に与える）

何てご立派ですこと！　鏡を見てご覧なさい！


ドン・ジュアンは鏡に近づき、たちまち悲鳴を上げる。


アンナ　どうかしましたか？

ドン・ジュアン　あいつだ！……　あいつの顔が！

（剣と長杖を取り落とし、両手で目を覆う）

アンナ　まあ、みっともない！

何が現れたというのですか？　もう一度見てごらんなさい。

そんなただの幻覚に動じてはいけません。

ドン・ジュアン　（恐る恐る顔から手をどける。一瞥。この世ならぬ恐怖に締め付けられた声で）

私はどこにいる？　私がいない……これはあいつだ……石の主《あるじ》！

（鏡の前から転がるように横の壁際に行き、全身を震わせながらそこに背中を押し付

ける）

まさにその時鏡の中から、騎士団長の姿が抜け出てくる、石像そっくりだが、剣と長杖は持っていない、枠から踏み出すと、石の歩みで重々しくまっすぐドン・ジュアンに向かって行く。アンナはドン・ジュアンと騎士団長の間に割って入る。騎士団長は左手でアンナを跪かせ、右手をドン・ジュアンの心臓に当てる。ドン・ジュアンは死の発作に見舞われて動かなくなる。ドンナ・アンナは悲鳴を上げると、騎士団長の足下にうつ伏せに倒れる。

——幕——

一九一二年四月二九日

訳者あとがき

「……セビリアからグラナダまで……夜のしじまの薄闇の中で……」

ミハイル・ブルガーコフの小説『犬の心臓』に登場するフィリップ・フィリッポヴィチ・プレオブラジェンスキー教授が口ずさむこの鼻歌がずっと気になっていた。やっとチャイコフスキー作曲のロマンス「ドン・ジュアンのセレナーデ」だと分かってからは、せっせとその演奏が録音されたCDや歌詞を探した。そしてついにたどり着いたのは、セレナーデと呼ぶにはあまりに激しいテンポで恋人を誘う情熱的な曲だった。詞はアレクセイ・コンスタンチノヴィチ・トルストイの劇詩『ドン・ジュアン』の一節。ということで今度はその劇詩を読むことになったのだが、そこには知っているドン・ジュアンのイメージとかけ離れた、ファウスト張りの主人公がいた。哲学的な展開に驚きもした。ドン・ジュアン＝ドン・ファアン＝ドン・ジョヴァンニの形象は十七世紀スペインで誕生し、以来モリエール、モーツァルト、E・T・A・ホフマン、バイロンなど有名な作家や作曲家が題材にしている。ロシアではA・K・トルストイよりも前、それほど長いものではないがかの大詩人のプーシキンも『石の客』というタイトルで韻文の戯曲を残していて、ダルゴムィシスキーによってオペラ化されていてよく知られているのだが、こちらはオネーギンと見まごうような主人公がタチヤーナ（もちろん違う名前だけれど）についに受け入れられるも、ドラマの約束事に従って最後は石の客に阻まれてしまうといったところか。

このプーシキンのドン・ジュアンに並び称される作品がウクライナにある。そしてウクライナ語で書かれている。そう聞き及ぶに至り、ウクライナ語で読めるようになったらぜひ真っ先に読みたいと思っていた。

これはずっと昔、ペレストロイカ後のソ連時代、発禁の書の出版ラッシュが起こり、ちょっと経ってコメンタリー付きの本が出るようになる前の、もちろんネット検索もない時代のお話だ。

そこからまた長い時が経った。ウクライナ語の学習開始までの時。それなりの習熟度に達するまでの時……。やっと念願叶って読んでみると、女性作家の書いたこの作品は、思っていたよりもずっと骨太で、強い性格を持った女性の物語であることが分かった。タイトルがそれを如実に物語っている。ドン・ジュアンが石像を招待する伝統のパターンではなく、逆に客として招かれるという逆転が起こっている。もちろん、アンナが主人公なのではない。そして決して肯定的に描かれているわけではないのだが、アンナにしろドロレスにしろ、主要な二人の女性が他に類例を見ないほど個性的で躍動的なのは確かだ。一方、作者自ら作中に記している通り、ドン・ジュアンにはフランス由来のこの名が指定されていて、それによって「伝統的」ドン・

ジュアン像を踏襲するつもりであることが伺われるが、タイトルにその名を冠さないのは、これは「彼の」遍歴物語ではないということだろう。あくまで主《あるじ》は石像の側で、焦点は懲悪にあるのだと。また、この作品はプーシキンの『石の客』に触発されて書かれたとも言われている。

レーシャ・ウクライーンカ（一八七一―一九一三）は、タラス・シェフチェンコ、イワン・フランコと並び称されるウクライナ三大詩人の一人で、詩人、作家、翻訳家、文芸評論家、社会活動家としてウクライナを代表する人物である。ウクライナの二百フリブニャ紙幣にも描かれていて、人気の高さの一端をうかがわせる。

本名はラルィーサ・ペトリーウナ・コーサチ（クヴィートカ）といい、西ウクライナのヴォルィーニ県ノヴォフラード＝ヴォルィーニシキー（当時ロシア帝国）で、進歩的知識人で法律家、社会活動家の父と、作家、民俗学者、女性解放運動家の母、筆名オレーナ・プチールカのもと、二男四女の六人兄弟の二番目に誕生した。伯父には十九世紀ウクライナを代表する作家・啓蒙家のムィハーイロ・ドラホマーノウがいる。

知的・経済的に恵まれた環境で、多彩な才能を開花させつつあったが、病によって音楽の道も、絵画の道も、あきらめざるをえなくなる。得意な刺繍や編み物も。彼女は十歳にして骨結核と診断され、左手の手術を受け、その後大人になってから右足も手術を受けることになる。最終的には腎結核を患い、転地療養の効果もむなしく四二歳の若さでこの世を去り、今はキーウの墓地に眠っている。

当時ウクライナはロシア帝政下にあり、ウクライナ語の使用は学校を含めあらゆる場所で厳しく制限されていた。ただ彼女の場合病弱であったことと両親の教育方針から、家庭の中でウクライナ語で教育を施された。病気療養のためにヨーロッパ各地に滞在し、その文化や歴史を吸収し、各地の演劇とオペラに通じた。語学の才覚も目覚ましかった。彼女が習得した言語は十を超える。フランス語、ロシア語、ドイツ語、英語、イタリア語、ポーランド語、ブルガリア語、ラテン語、ギリシャ語……。エジプト滞在時にはスペイン語にも着手したという。一九〇七年には九歳年下の法律家で民俗学者のクリメント・クヴィートカと結婚している。九歳で最初の詩を書き、十三歳の頃、母の発案でウクライナ人の女性形と名前の愛称形を合わせて、筆名の「レーシャ・ウクライーンカ」を使いだした。

詩集には『歌の翼に』、『思いと夢』、『反響』などがある。また翻訳は、ホメーロス『オデュッセイア』第三歌と第四歌冒頭、ダンテ『神曲』地獄篇第五歌冒頭、バイロン、ハイネ『叙情的間奏曲』など多数、アダム・ミツキェヴィチ『コンラッド・ヴァレンロット』からヴィクトル・ユゴー『貧しい人びと』まで手がけ、戯曲の翻訳は、シェークスピア『マクベス』第一幕、バイロン『カイン』第一幕第一場、メーテルリンク『潜み入る者』（闖入者）、ゲアハルト・ハウプトマン『織匠』などがある。

自ら戯曲を手掛けるようになったのは一八九六年『碧い薔薇』からで、人生の後半ではあるのだが、それでも二十作品以上を書き残している。

代表作は劇詩『森の詩《うた》』（一九一一年、抄訳は＊1）で、故郷ヴォルイニの豊かな自然を背景に、ウクライナ古来の民話や民謡を駆使し、妖精マウカと青年ルカシュの悲恋を通して、人間と自然という普遍的なテーマが描かれている。映画化もされ、バレエのレパートリーにも入っていて、日本の少女漫画の中にも実は登場している。本国では近年この作品から着想を得たアニメが長期にわたって作成され、いよいよこの春（二〇二三年）世界各地の映画館で順次上映される。

『石の主』は『森の詩《うた》』の一年後、死の前年に書かれている。一九一四年の初演は好評だったようだ。その後一九二〇年から一九八五年にかけて四三回上演され、中断は幾度かあるが作家の記念祭の日に合わせてくり返し上演されてきたそうだ。中でも特筆すべきものとして挙げられているのは、一九二一年のキーウ、タラス・シェフチェンコ記念国立ドラマ劇場（演出A・ザガロフ、衣装及び装飾A・ペトリツィキー、音楽N・プルスリン（劇場名は当時、以下同様））、一九三九年のキーウ国立ロシア・ドラマ劇場（演出K・ホフロフ、舞台装飾A・ペトリツィキー）、一九六二年のリガ・ライニス記念国立ドラマ劇場（ドンナ・アンナ役V・アルトマネ）、作家の生誕百年にあたる一九七一年のモスクワ・国立アカデミー・マールイ劇場とリヴィウ・ザニコヴェツィカ記念劇場（演出S・ダンチェンコ、ドンナ・アンナ役L・カジロヴァ、ドン・ジュアン役B・ストゥプカ）などである。このうちいくつかの上演写真や衣装及び舞台の興味深いエスキーズが見られるサイトがある。[＊2] 同じ一九七一年には映画化もされている（監督M・ジンジリスティー、ドンナ・アンナ役A・ローホウツェヴァ、ドン・ジュアン役B・ストゥプカ）。[*3]

『石の主《あるじ》』で私たちにもなじみ深い「ドン・ジュアン伝説」を手がけたことでレーシャ・ウクライーンカは代表作『森の詩《うた》』とは別の賜物を世界文学に与えてくれたのではないだろうか。

翻訳に当たって、極力原作の詩行の順番に沿うよう心掛け、それではどうしても意味がくみ取りにくくなる場合はやむを得ず行を組み替えた。

自分一人の読書で終わらせずに翻訳をと促してくれた中澤英彦先生に感謝を申し上げる。急なお願いにも関わらず、的確に編集作業を進めていただいた群像社の島田進矢氏にも深く感謝したい。

二〇一四年に始まり二〇二二年に激化した今回の事態の一日も早い終息を切に願いつつ、この翻訳がすべてにおいて豊饒なかの国を知る一端でも担えたら光栄だ。

法木綾子

原典および参考資料

Леся Українка. *Камінний господар.*
https://www.ukrlib.com.ua/books/printit.php?tid=501

Леся Українка. *Усі твори в одному томі.* /Київ.:Перн. 2008

Леся Українка. *Повне нецензуроване академічне зібрання творів Лесі*

Українки в 14 томах, видане з нагоди її 150-річного ювілею./ Український інститут.Т. 4

Публічна бібліотека імені Лесі Українки Творча спадщина Лесі Українки. http://lesya.lukl.kyiv.ua/works/index.html

Lesya Ukrainka Portal. https://lesyaukrainka.com/en

＊1　中澤英彦「ウクライーンカの詩劇」（『ウクライナの心』ドニエプル出版、二〇二一年、所収）

＊2　Lesya Ukrainka &Teater.

HYPERLINK "https://artsandculture.google.com/story/lesya-ukrainka-amp-theater-"https://artsandculture.google.com/story/lesya-ukrainka-amp-theater-music/JAUxdS2XiJyMLg?hl=en

＊3　Камінний господар 1971 UA Культура.

https://www.youtube.com/watch?v=4pQmMz-DCD8

レーシャ・ウクライーンカ
（1871 ～ 1913）
タラス・シェフチェンコ、イワン・フランコと並び称されるウクライナ三大詩人の一人で、作家、翻訳家、文芸評論家、社会活動家としても知られる。本名はラルィーサ・ペトリーウナ・コーサチ（クヴィートカ）。西ウクライナのヴォルィーニ県に生まれ、進歩的知識人で法律家、社会活動家の父と、作家（筆名オレーナ・プチールカ）、民俗学者、女性解放運動家の母のもと、ウクライナ語の教育を受ける。幼い頃から病いに悩まされたが、9歳で最初の詩を書き、13歳頃に「レーシャ・ウクライーンカ」の筆名を使いだした。ヨーロッパ各地で転地療養をしながら文化や歴史を吸収、習得した言語は十を越える。腎結核で42歳で逝去、今はキーウの墓地に眠る。主な作品に故郷ヴォルィーニの豊かな自然を背景にウクライナ古来の民話や民謡を駆使した劇詩『森の詩《うた》』（1911）がある。

訳者　法木綾子（ほうき あやこ）
翻訳家。訳書にブルガーコフ『巨匠とマルガリータ』、ヴォズネセンスカヤ『女たちのデカメロン』（ともに群像社）、デリューシナ『タチアーナの源氏日記』（TBSブリタニカ）、ルキヤネンコ『ナイト・ウォッチ』、ルキヤネンコ、ワシーリエフ『デイ・ウォッチ』（ともにバジリコ）などがある。

群像社ライブラリー 46
石《いし》の主《あるじ》
2023年5月21日　初版第1刷発行

著　者　レーシャ・ウクライーンカ
訳　者　法木綾子
発行人　島田進矢

発行所　株式会社 群 像 社
神奈川県横浜市南区中里 1-9-31 〒 232-0063
電話／FAX　045-270-5889　郵便振替　00150-4-547777
ホームページ http://gunzosha.com Eメール info@gunzosha.com
印刷・製本　モリモト印刷

カバーデザイン　寺尾眞紀

Леся Українка
Камінний Господар
Lesya Ukrainka
Kaminny Hospodar

ISBN978-4-910100-30-2 C0397

群像社の本

現代ウクライナ短編集　藤井悦子 オリガ・ホメンコ編訳

キエフ・ルーシの文化発祥の地でありながら大国ロシアによって長年にわたって苦しみを強いられてきたウクライナ。民族の自立とみずからの言語による独自の文学を模索してきた現代作家たちが繊細にまた幻想的に映しだす人々と社会。現代ウクライナを感じる選りすぐりの作品集。　ISBN978-4-905821-66-3　1800円

シェフチェンコ詩集 コブザール　藤井悦子編訳

帝政ロシアで農奴の身から画家、詩人として認められるまでになりながら、政治犯として十年の流刑生活を強いられ、四七年の生涯を終えたシェフチェンコ。ウクライナの精神的支柱としていまも人びとの心に生きる詩人の全詩作品の約半数 101 篇を収め、その生涯の軌跡も克明にたどる。　ISBN978-4-903619-90-3　2200円

叙事詩 マリア　タラス・シェフチェンコ　藤井悦子訳

人びとが圧政に苦しみ救い主が現われるのを待ち望んでいた時代にイエスの母となった貧しいマリアが歩んだ苦難の生涯を描きあげた静かで力強い叙事詩。ウクライナの国民的詩人シェフチェンコの長編詩。ウクライナ語原文付き。　ISBN978-4-903619-13-2　1200円

オリガ・ホメンコ 国境を超えたウクライナ人

18 世紀から 20 世紀にかけて波乱の時代に負けることなく、美術、航空技術、医学、外交などの分野で異郷の地で活躍し大きな実績を残したウクライナ人とウクライナ人に同化してソ連に殺された一人の男。東西から国境を侵されてきた歴史をもつウクライナ人の柔軟性や許容力を発揮した 10 人の物語。　ISBN978-4-910100-22-7　1500円

オリガ・ホメンコ ウクライナから愛をこめて

ウクライナの首都に生まれ、チェルノブイリ原発事故が深く記憶に刻まれた子供時代をすごし、日本の大学で学んだ著者が忘れられない身近な人々の思い出や故郷の街の魅力を日本語でつづったエッセイ。ウクライナの心をやさしく静かに語る。

ISBN978-4-903619-44-6 1200円

価格は税別

オデッサ物語

バーベリ 中村唯史訳　オデッサを支配した偉大なギャングたちの伝説、虐殺された鳩の血とまぶしい太陽の鮮烈なイメージに彩られた少年時代のユダヤ人街の記憶。1920 年代以降ロシアで熱狂的支持を受けたバーベリ。黒海沿岸の国際都市から生まれたロシア文学のもうひとつの世界。

ISBN978-4-905821-40-3　1800 円

巨匠とマルガリータ　上 / 下

ブルガーコフ 法木綾子訳　公園の無神論談義が文学界のボスの首を切り落としたかと思いきや話は二千年の時を超え総督ピラトと囚人イエスの対話を呼びよせる。悪魔が往来する人間世界で求められる愛と救済の結末は？時代を超えて読者を魅了しつづける傑作。

上巻 ISBN4-905821-47-9/ 下巻 ISBN4-905821-48-7　各 1800 円

アレクサンドル・プーシキン / バトゥーム

ブルガーコフ 石原公道訳　社交界の花だった妻をめぐるトラブルから決闘で死んだロシアの国民的詩人プーシキンの周囲にうごめく人びとのドラマと、若きスターリンを主人公に地方都市バトゥームでの労働運動を描いて最終的に上演を許可されなかった最後の戯曲を新訳。

ISBN978-4-903619-15-6　1500 円

アダムとイヴ / 至福郷

ブルガーコフ 石原公道訳　毒ガスを使った世界戦争が勃発したあと、わずかに生き残った人間たちは何を選択するのか？タイムマシーンで 23 世紀の理想社会に迷い込んだ人間たちが巻き起こした混乱から脱出する試みは成功するのか？ブルガーコフが描く二つの未来劇。

ISBN978-4-903619-31-6　1500 円

プロコフィエフ短編集

サブリナ・エレオノーラ／豊田菜穂子 共訳　突然歩き始めるエッフェル塔、キノコ狩りの子どもと一緒に迷いこんだ地下王国…。ロシアを代表する作曲家が書いていた不思議な魅力にあふれた 11 編を日本で初めて紹介。日本滞在中の日記もおさめた「目で聞き耳で読む」世界！

ISBN978-4-903619-16-3　1800 円

価格は税別

ぼくはソ連生まれ

ヴァシレ・エルヌ　篁園誓子訳　私たちはソ連の中で生きていた人たちのことをどれだけ知っていただろうか。ジーンズへのあこがれ、映画や小説の主人公への熱狂、酒の飲み方からトイレや台所の話、行列の意外な効用まで、モノや人の記憶を掘り起こす連続エッセイから〈彼ら〉の暮らしが見えてくる。　ISBN978-4-910100-25-8　1800円

悲劇的な動物園　三十三の歪んだ肖像

ジノヴィエワ＝アンニバル 田辺佐保子訳　野生の生物の摂理に驚き、同世代の女子の心を動揺させ、空想の世界で遊びながら成長していく少女を描く自伝的小説とロシア初のレスビアニズム文学と称された短篇。歴史の影に追い込まれていた20世紀初めの女性作家がいま現代文学として光を放つ。　ISBN978-4-910100-11-1 2000円

レクイエム

アンナ・アフマートヴァ 木下晴世訳　監獄の前で面会を待って並んでいた詩人が苦難の中にある人々を思いながら綴った詩篇「レクイエム」と笛になって悪事を暴くという伝説の「葦」を表題にした詩集。孤独と絶望の中の声が静かに強く響く。

ISBN978-4-903619-80-4 1200円

リ　ス　長編おとぎ話

アナトーリイ・キム　有賀祐子訳　獣の心にあふれた人間社会で森の小さな救い主リスは四人の美術学校生の魂に乗り移りながら、生と死、過去と未来、地上と宇宙の境目を越えた物語を愛する人にきかせる。バロック的な響きをもつ言葉が産みだす幻想的世界。

ISBN4-905821-49-5　1900円

はじめに財布が消えた…　現代ロシア短編集

ロシア文学翻訳グループ クーチカ訳　平凡な日常が急に様相を変え現実と虚構の境目が揺らぎだす…若手からベテラン作家、ロック歌手や医者など他ジャンルの書き手も集結してロシア文学の伝統に新時代の大胆な試みを合わせた17の短編が魅力的なモザイクを織りなす作品集。

ISBN978-4-910100-01-2　1800円

価格は税別

猫のユーユー　クプリーン短篇選

サブリナ・エレオノーラ／豊田菜穂子 共訳　大好きな動物の心の声に耳を傾け、猫や犬を主人公にした作品を書き、子供たちに優しい目を向けて生活のひとこまをとらえ、生きるものすべてへの愛にあふれた多くの小品を作った作家クプリーン。ロシアで読み継がれ子どもたちに愛されている 13 の物語。　ISBN978-4-910100-13-5 1800 円

ルイブニコフ二等大尉　クプリーン短篇集

紙谷直機訳　ルイブニコフと名乗る日露戦争からの復員軍人。これは日本人スパイにちがいないとにらんだジャーナリストは、男のしっぽをつかもうと街を連れ回すが…。表題作ほか、死と日常の同居する生活の真の姿を描いた佳作四編をおさめた短篇集。

ISBN978-4-903619-20-0　1800 円

右ハンドル

アフチェンコ　河尾基訳　左ハンドルの国ロシアで第二の人生を送ることになった大量の日本の中古車は極東の生活と精神を支えるまでになったが、中央政府の圧力で徐々に追いつめられていく。ウラジオストクの作家が右ハンドル車への愛を胸にウラジオストクの現代史を語るドキュメンタリー小説。　ISBN978-4-903619-88-0　2000 円

ケヴォングの嫁取り

ウラジーミル・サンギ　田原佑子訳　川の恵みを受けて繁栄していた時代は遠くなり小さな家族になったケヴォングの一族。資本主義の波にのまれて生活環境が変わり人びとの嫁取りの伝統もまた壊れていく。サハリンの先住民ニヴフの作家が民族の運命を見つめた長編。

ISBN978-4-903619-56-9　2000 円

裸の春　1938 年のヴォルガ紀行

プリーシヴィン 太田正一訳　社会が一気に暗い時代へなだれこむそのとき、生き物に「血縁の熱いまなざし」を注ぎつづける作家がいた。雪どけの大洪水から必死に脱出し、厳しい冬からひかりの春へ命をつなごうとする動物たちの姿をとらえる自然観察の達人の戦前・戦中・戦後日記。　ISBN4-905821-67-3　1800 円

価格は税別